JORGELINA ALBANO
Tradução: Marcia Blasques

SAPATOS VERMELHOS SÃO DE *puta*

CB017152

DESAFIANDO AS CRENÇAS DO PATRIARCADO

astral cultural

Copyright © 2019, Jorgelina Albano
Copyright © Liliana Heker, Março 2019
Copyright © Penguin Random House Grupo Editorial S.A., 2019
Título original: Los zapatos rojos son de puta
Tradução para Língua Portuguesa © 2020, Marcia Blasques
Todos os direitos reservados à Astral Cultural e protegidos pela Lei 9.610, de 19.2.1998. É proibida a reprodução total ou parcial sem a expressa anuência da editora. Este livro foi revisado segundo o Novo Acordo Ortográfico da Língua Portuguesa.

Produção editorial Aline Santos, Bárbara Gatti, Bruna Villela, Fernanda Costa, Tâmizi Ribeiro e Natália Ortega
Revisão de texto Livia Mendes
Design da capa Penguin Random House Grupo Editorial / Agustín Ceretti
Foto da autora Agustina Bosch

Dados Internacionais de Catalogação na Publicação (CIP)
Angélica Ilacqua CRB-8/7057

A288s
    Albano, Jorgelina
       Sapatos vermelhos são de puta / Jorgelina Albano ; tradução de Marcia Blasques. — Bauru, SP : Astral Cultural, 2020.
       240 p.

       ISBN: 978-65-81438-04-3
       Título original: Los zapatos rojos son de puta

       1. Feminismo 2. Patriarcado I. Título II. Blasques, Marcia

19-2863
                                                        CDD 305.42

Índices para catálogo sistemático:
1. Feminismo 305.42

 ASTRAL CULTURAL É A DIVISÃO LIVROS
DA EDITORA ALTO ASTRAL

BAURU
Rua Gustavo Maciel, 19-26
CEP 17012-110
Telefone: (14) 3235-3878
Fax: (14) 3235-3879

SÃO PAULO
Rua Helena 140, sala 13
1º andar, Vila Olímpia
CEP 04552-050

E-mail: contato@astralcultural.com.br

Para Guillermo, meu companheiro de percurso, que também soube colocar lentes violetas e me acompanha em cada uma das minhas loucuras e nas revoluções copernicanas da nossa vida em comum. Para minhas filhas, Juana e Antonia. Apesar de muitas vezes reivindicarem minha presença, sei que estão orgulhosas de mim e serão grandes feministas, porque sabem que Alabadas e este livro são para elas.

Há uma cor na história da humanidade que tenha um significado mais poderoso do que o vermelho? O vermelho relacionado ao demônio, ao mundano, às prostitutas; mas também à realeza, ao clero, ao fogo. O vermelho-sangue, símbolo da menstruação, da provocação, da morte. Uma cor extrema que também representa a ambição, a luta, o poder e o coração; alegoria política da revolução e também do romantismo. Vermelho-fogo, rosas vermelhas, vermelho-paixão. O vermelho como chama eterna do pecado original; como o pare no semáforo; como alerta de temperatura. Lenço vermelho, lábios vermelhos, unhas vermelhas, sapatos vermelhos.

Nota da autora

Este é um livro que trata dos preconceitos culturais enraizados na sociedade e tem a intenção de torná-los visíveis e, desse modo, ajudar a conscientizar sobre a posição que cada um de nós ocupa nela. É um convite à reflexão. Para tornar o tema mais amigável, foi escrito em uma linguagem tradicional, não inclusiva, mesmo correndo o risco de que isso seja considerado uma certa incongruência.

Cada dado citado tem sua fonte, também registrada nestas páginas. Escrevi este texto com base na minha experiência, de vinte anos de trabalho em empresas, e nas informações que extraí de mais de sessenta e cinco entrevistas realizadas com homens e mulheres de diferentes origens profissionais e sociais, idades e países.

Sumário

Manifesto 11
Introdução: Se mudarmos, o mundo também mudará 15

1 Um lugar no inferno 28
2 Estamos *todos prontos* 42
3 Posso ter tudo 54
4 Ver a nós mesmas de outra perspectiva 64
5 Estão nos matando 74
6 Aprender a me escutar mais 86
7 De quem é a tarefa de imaginar esses homens? 96
8 Mas você tem marido? Mas faz sexo? Mas é magra? 108
9 Os exemplos que damos como mães 122
10 Eles podem, mas nós também podemos 130
11 Sinto que vou exatamente aonde tenho que ir 138
12 Primeiro enxergam o gênero, depois, a pessoa 146
13 Aborto 154
14 A multitarefa não está jogando contra nós? 170
15 Os homens não retribuíram a cortesia 178
16 As *millennials* como eixo de mudança 188
17 Devolver a humanidade 196

18 Rompendo com o mundo físico para conectar-se 206
19 Não dá para ocupar um lugar sem ter coragem 216
20 Vamos fazer uma revolução copernicana? 222

Agradecimentos 231
Referências bibliográficas e fontes de informação 232

Manifesto

Para alcançarmos a igualdade de gênero, é necessário fazer uma mudança cultural.

Os comportamentos derivados das crenças patriarcais incluem tanto homens quanto mulheres.

Dar origem a uma mudança de crenças profundas é a chave para sair do patriarcado e construir uma sociedade igualitária.

As crenças são certezas internas que construímos desde a infância e que nos passam desapercebidas porque são aceitas pela comunidade ou sociedade à qual pertencemos.

As crenças endossadas pela sociedade em seu conjunto geram cultura.

A cultura é o conjunto de crenças transmitidas de geração em geração e se manifesta no comportamento coletivo.

Não é fácil mudar a cultura, a menos que haja uma massa crítica disposta a fazê-lo.

Sair da matriz patriarcal implica mudar o olhar, ver algo distinto.

Olhar a partir de uma perspectiva ampla seria afirmar que...

Homens e mulheres, exceto nas questões sexuais e reprodutivas, podem fazer, pensar e sentir as mesmas coisas.

A diversidade não passa pelo gênero, mas pela impressão que cada um construiu de si mesmo.

Não há papéis preestabelecidos por deveres sociais. Cada um escolhe livremente a posição que quer desempenhar, tanto no âmbito privado quanto no espaço público.

O desenvolvimento profissional é medido pela capacidade e talento.

A remuneração não distingue gênero.

As pessoas têm oportunidades, sem nenhum tipo de distinção.

Os gêneros feminino e masculino estão presentes em todos os seres humanos.

Mas...

Estamos bem distantes de viver essas afirmações.

Necessitamos de uma massa crítica que esteja disposta a mudar individualmente, para que nossas filhas e nossos filhos tenham esse olhar.

Necessitamos de leis e de políticas públicas que ajudem a mudança cultural.

Necessitamos de uma educação que não seja diferenciada por gênero.

Necessitamos de exemplos em todas as organizações, tanto públicas como privadas.

Necessitamos arrancar rótulos para sair de estereótipos que só levam à frustração constante e a uma falsa ideia de felicidade.

Como dizia Victoria Ocampo: "Nós, mulheres, não queremos ocupar o posto dos homens, apenas o nosso por inteiro".

É desafiando crenças ou deveres internos que podemos desafiar e ultrapassar os limites externos e gerar, assim, um círculo virtuoso capaz de construir equidade. Só assim, poderemos nos ver e nos valorizar como seres humanos, independentemente do gênero.

Se mudarmos o olhar, faremos com que o mundo mude.

Introdução
Se mudarmos, o mundo também mudará

"Fui comprar sapatos com minha mãe e me apaixonei por um par vermelho", diz Carolina del Río, em entrevista para a Alabadas. "Diante do vendedor, minha mãe me falou que aqueles sapatos não eram de mocinha, depois, em particular, me disse: 'os sapatos vermelhos são de puta'. Eu tinha uns seis ou sete anos. Lembro de ficar pensando naquilo... Claro que, quando fui morar sozinha, a primeira coisa que fiz foi comprar um par de sapatos vermelhos."

Tentar ver o que não vemos: as crenças profundas construídas a respeito do que significa ser homem e ser mulher na sociedade atual. Falar do que poucos falam, tornar isso evidente. A cultura tem relação com essas crenças profundas que são colocadas em prática todos os dias, em cada uma das nossas condutas. Mudar o olhar significa sair da matriz imposta. Romper com o *status quo* implica ver algo diferente para fazer algo diferente. Vivemos em um mundo cego à igualdade de gênero, crescemos nele convencidas de que ser mulher é o oposto de ser homem. Um mundo dividido entre masculino e feminino; uma dicotomia que resultou ser funcional para a manutenção de certas regras e ignorou a essência para centrar nos papéis que cada um devia assumir.

"Estamos impregnadas pelo patriarcado", diz Natalia Ginzburg, no ensaio *Mulheres e homens*, escrito há mais de trinta anos, mas ainda válido e mais visível do que nunca. Porque se algo mudou desde essa época é a relevância que o tema ganhou, estabelecendo-se nos meios de comunicação, nas conversas familiares e nas ruas. Mas, como sociedade, entendemos o que quer dizer que estamos "impregnadas pelo patriarcado"? Mudar a cultura implica romper com velhas crenças que limitam a evolução de mulheres e homens. Uma mudança de olhar nos dará a oportunidade de propor a construção de novas crenças para que a diversidade assuma outro valor, e, só então, poderemos nos relacionar a partir da igualdade e nas diferenças.

Quando mudamos de perspectiva, tudo o que está ao nosso redor se modifica. Sermos capazes de ver, por exemplo, que desde o Gênesis a única voz que se sobressaiu foi a masculina e a cultura foi construída a partir dessa perspectiva como voz universal nos ajuda a entender de que modo funciona a sociedade patriarcal na qual vivemos. Ou nos perguntarmos, pelo menos, por que em pleno século XXI as mulheres do mundo inteiro seguem lutando por uma sociedade equitativa.

O primeiro dever social é o de Adão e Eva. Deus criou o homem e, de sua costela, fez a mulher. A quem Gênesis dá o poder absoluto? A resposta é mais do que óbvia: Eva é companheira de Adão e aquela que, como castigo, Deus obriga a servir ao marido e a parir os filhos com dor. Adão também recebe seus deveres sociais, como o de ganhar o pão com o suor de seu rosto. Papel de sair para o mundo para Adão, papel de confinamento para Eva. Foi ela quem quebrou as regras do Éden ao comer a maçã e depois seduzir Adão para que ele fizesse o mesmo. A transgressão, este ir além do que "podia ser feito", foi transmitida ao longo dos séculos como uma mensagem negativa, digna de castigo.

O que teria acontecido na história se, em vez de ser castigada, Eva tivesse se destacado por quebrar as regras e dar à humanidade a possibilidade da consciência? A maçã mordida é a tomada da consciência da nudez e das diferenças sexuais entre Eva e Adão. Mas isso não aconteceu, e Eva sempre foi apresentada como a culpada pelo fim do Éden, e Adão como sua vítima. Segundo o Gênesis, ela teve o poder da sedução sexual, e esse poder recebeu uma conotação negativa que foi sendo transmitida por séculos na sociedade. Isso transformou a mulher em culpada pelo fato de o homem sucumbir aos seus instintos mais baixos, e permitiu, ao longo da história, que ele atuasse de maneira voraz para dar uma resposta ao ocorrido. Até mesmo que utilizasse a força para descarregar e demonstrar sua virilidade. Uma vítima que cede aos instintos mais baixos sem culpa, porque o mito que indica que o homem (ao contrário da mulher) precisa fisiologicamente do ato sexual não só o perdoa, como o justifica socialmente.

E mesmo que pareçam do século passado, esses argumentos ainda estão vigentes. Basta escutar certos comentários, ou mesmo ler ou ver alguns meios de comunicação, quando ocorre um feminicídio ou estupro: "A moça ia vestida de tal maneira"; "Ela estava procurando por isso"; "Ela havia ameaçado de ir embora"; "Cada um sabe o lugar em que se mete"; "Quem é que deixa uma adolescente andar sozinha uma hora dessas?". Um exemplo claro na Argentina foi o debate ocorrido no Congresso Nacional em torno da Lei da Interrupção Voluntária da Gravidez. Durante seis meses, era possível ler comentários nas redes sociais do tipo: "Que fechem as pernas"; "Não deviam permitir o aborto nem em casos de estupro"; "Se não querem o filho que levam na barriga, por que não o dão em adoção?".

Uma mulher criada para acompanhar, servir, ser um recipiente reprodutivo, um objeto sexual, e não ter poder algum sobre si mesma. Vinte e um séculos com a crença de que as mulheres são baseadas em um conceito que, até hoje, os dicionários[1] vinculam com o feminino:

Mulher. Do latim *mullier, -eris.*
1. f. Pessoa do sexo feminino.
2. f. Mulher que chegou à idade adulta.
3. f. Mulher que tem as qualidades consideradas femininas por excelência. *"Essa sim que é uma mulher!"* Também como adj. *"Muito mulher!"*
4. f. Esposa ou parceira feminina habitual, em relação ao outro membro do casal.

Por sua vez, o dicionário define "feminino" do seguinte modo:

Feminino, na. Do latim *femininus.*
1. adj. Pertencente ou relativo à mulher. *A categoria feminina do torneio.*

---

[1] N.da T.: No original, em espanhol, as definições foram tiradas do dicionário publicado pela Real Academia Espanhola. Disponível em: ‹www.dle.rae.es/?id=QlvMnRp e www.dle.rae.es/?id=HjghBNR›. Acesso em: jan. de 2020

2. adj. Próprio da mulher ou que possui características atribuídas a ela. *Gesto, vestuário feminino.*
3. adj. Dito de um ser: dotado de órgãos para ser fecundado.

Nessas definições, o dicionário não leva em conta o ser humano como um todo, como um indivíduo que baseia sua essência em sua integralidade, conformada por traços tanto femininos quanto masculinos e pelo que a sociedade interpreta, na medida em que vai evoluindo, como feminino e masculino. Pelo contrário, relaciona de maneira absoluta e excludente o feminino à mulher e o masculino ao homem.

Aqui, estamos diante de um perigo duplo, porque, apesar de estarmos emergindo aos poucos da cegueira social que coloca o homem e a mulher em planos distintos, segue latente o risco de perdermos todos os direitos, e, com eles, a liberdade que nós, mulheres, conquistamos nesses últimos tempos de avanços sem precedentes. As forças destruidoras ainda existem, porque o patriarcado é mais forte do que a igualdade. Ainda são muitas as mulheres que se unem às vozes dos machos patriarcais, seja por afinidade de ideias e interesses, ou porque simplesmente acreditam que o mundo é assim, imutável. Mulheres que alcançaram posições de poder — com muito mais esforço do que um homem e com sacrifícios aos quais eles jamais teriam se exposto —, aceitam essa dinâmica passivamente, considerando-a parte das regras do jogo. Chegam até a se perceberem mais próximas dos homens e são mais facilmente empáticas com eles.

Com esse tipo de atitude, não fazemos mais do que continuar naturalizando os princípios e as crenças de uma sociedade patriarcal. Um patriarcado que, em alguns países, obriga as mulheres a cobrir a cabeça e o rosto como crença religiosa fundamental, pratica a mutilação genital das adolescentes ou obriga meninas a se casarem com homens que têm três ou quatro vezes sua idade. Mulheres violentadas pelo poder econômico, moral e social do homem, que ainda domina a história e concentra o poder de exercer a autoridade sobre o que considera ser sua propriedade: a mulher. Uma mulher cuja maternidade é considerada condição inerente e se torna suspeita se não deseja concretizá-la.

O risco duplo é pensar que nossas filhas já entenderam isso. É crer que as novas gerações têm a porta aberta para viver segundo o gênero que as identifica; poder escolher o tipo de vida que querem construir e não serem julgadas por isso. O risco duplo existe em crer que nós, mulheres, já avançamos ou estamos avançando, e dormir tranquilas com isso, que apenas começou, e corremos sério perigo de que um dia, ao nos levantarmos, teremos perdido todos os direitos adquiridos. Não podemos nos descuidar: a liberdade, um direito inegociável, está sempre em risco para nós.

Há um fogo ardente, clamor, paixão e desejo na luta pelos direitos das mulheres. Erguemos nossas vozes, saímos às ruas, inundamos as redes sociais, chegamos aos meios de comunicação em massa, fizemo-nos escutar em um só grito, acompanhadas por alguns homens que se sentem parte do mesmo movimento e observadas por outros que começam a nos apoiar com certa timidez, mas sem chegar perto demais. Enquanto isso, o restante dos homens, ancorados no patriarcado, continua pensando que o feminismo é só das mulheres, e que eles estão isentos de fazer qualquer movimento. Deste modo, não fazem mais do que reafirmar antigas estruturas e os deveres que também pesam sobre eles, sem darem a si mesmos a oportunidade de entender que a igualdade convém a todos nós. Nós, mulheres, incluímos a mais ampla diversidade de gênero nesse grito. Entendemos a identidade de gênero como um direito que, embora outorgado por lei na Argentina e em outros países, a sociedade patriarcal ainda não aceita completamente.

Os homens não estão dispostos a ceder sua posição de poder, e, enquanto as mulheres dizem, em coro, um "basta" ao patriarcado, eles abaixam a cabeça para olhar o celular sem inteirar-se do que está acontecendo. Enquanto isso, na hora de olhar para o lado para procurar pessoas de confiança para compartilhar essa posição com eles, os homens só veem seus amigos, e é para eles que estendem a mão para crescer. Mais homens que acompanham outros homens nas posições de poder. Fotos dos fóruns de decisão, nos quais a proporção entre homens e mulheres é de quinze para uma, são mostradas todos os dias nas redes sociais e nos meios de comunicação, e as instituições que as publicam se vangloriam do poder de seus integrantes, da enorme capacidade de influenciar nas políticas públicas como formadores de opinião e lobistas habilidosos. Isso ocorre nos mais diversos âmbitos: sindicatos, federações de empresários, instituições educacionais, empresas, direções de meios de comunicação e associações de todos os tipos, como as de imprensa e as fundações, entre muitos outros.

A União Industrial Argentina (UIA), por exemplo, não tem uma única mulher em seu comitê executivo, e no de administração há só uma entre quarenta e oito homens. Será que não existem mulheres no ramo da indústria no país? Paralelamente, a União Operária Metalúrgica (UOM) não tem uma única mulher em seu conselho diretor. Apenas os homens têm a capacidade de negociar e defender o direito dos trabalhadores? Isso se repete em todas as instituições argentinas; em algumas, as mulheres participam, mas sempre a balança se inclina, quase que por completo, para o lado dos homens.

A Noruega foi o primeiro país a demonstrar, em 2003, por meio de uma regulação que impunha sanções às empresas que não tivessem pelo menos 40% de mulheres nas instâncias decisórias, que é possível cumprir uma lei de cotas, com penas que não precisaram ser aplicadas, mas que ameaçavam até com a dissolução das empresas que não observassem as regras. Todas cumpriram. Em um artigo publicado em 2016 no *El País*, da Espanha, Morten Huse, professor da escola de administração BI Norwegian e da Universidade de Witten/Herdecke (Alemanha), afirma que "graças à lei, as diretoras deixaram de representar exíguos 3% para serem cerca de 40%, 'instantaneamente'". O mesmo foi comprovado no Reino Unido, na Itália, França, Bélgica, Suécia e Alemanha.

Na Argentina, em março de 2018, Macri, o então presidente, apresentou um projeto de lei sobre equidade de gênero e oportunidades de trabalho, destinado a equiparar as oportunidades, a remuneração e o tratamento recebido por homens e mulheres[2]. É interessante ler o projeto porque, ainda que contemple alguns movimentos convenientes, de modo algum iguala a mulher ao homem em relação, por exemplo, aos estereótipos de gênero a respeito das tarefas de cuidado. Tampouco menciona, especialmente, o que

---

2   Disponível em: ‹www.cippec.org›. Acesso em: jan. 2020.

acontece com as mulheres nos postos de direção e liderança, nem impõe sanções se a lei não for cumprida caso o Congresso a aprove. Então, para que aprovar uma lei que não tem nenhum custo para quem não a cumprir? Ou, melhor dizendo, por que sancionar uma lei que ninguém acataria justamente por não ter custo algum por não cumprir? Um projeto de lei que está distante de resolver a inequidade em sua raiz.

Como mulheres, que não contam com os mesmos direitos dos homens, tivemos que assistir a não aprovação da lei de interrupção voluntária da gravidez, sendo que, em 2016, morreram quarenta e três mulheres na Argentina por abortos clandestinos e muitíssimas outras sofrem sequelas de fertilidade e de outros tipos pelo mesmo motivo: a clandestinidade.

É importante destacar que, segundo dados da Organização Mundial da Saúde (OMS), morrem anualmente quarenta e sete mil mulheres por abortos clandestinos no mundo. Em 8 de agosto de 2018, o Senado da República Argentina rejeitou a lei que tinha recebido meia sanção da Câmara dos Deputados em 13 de junho do mesmo ano. Nunca os preconceitos de gênero e a cultura patriarcal se fizeram tão visíveis em um debate público. Com 31 votos a favor, 38 contra e 2 abstenções, a lei de interrupção voluntária da gravidez tornou-se sem efeito.

No entanto, sobravam dados sobre os benefícios da legalização, não só para a saúde das mulheres, mas também, em termos econômicos, para o Estado. Foi realizado um debate nas duas Câmaras antes da votação com especialistas no tema, como Diana Maffía, que fez duas exposições, e outros que retrocederam séculos no avanço conseguido em matéria de direitos das mulheres e de saúde sexual e reprodutiva, como foi o caso do doutor Albino[3], que, com seu comentário, colocou em dúvida e em risco o uso do preservativo como método contraceptivo e de prevenção de doenças sexualmente transmissíveis, como o HIV.

O que a sessão que votou a lei de interrupção voluntária da gravidez deixou foi a certeza de que a liderança política não só não está disposta a representar o povo, como também pretende manter o *status quo* da sociedade patriarcal. Muito menos essa liderança que antepõe suas crenças pessoais ao desejo das cidadãs argentinas está disposta a ampliar o direito das mulheres. Um milhão e meio de mulheres argentinas esteve nas ruas, sob chuva, no dia 8 de agosto de 2018. Uma maré verde esteve ali até depois das duas da madrugada do dia 9 de agosto. Os senadores não quiseram escutar porque o preconceito patriarcal impossibilita isso. O véu das crenças impede qualquer possibilidade de ver além, de ampliar a perspectiva. É assim que as mulheres ficam atadas às antigas estruturas de uma sociedade que não quer se transformar. Vinte e quatro dos trinta e oito votos contrários à lei foram de homens. Uma maioria de homens com uma idade média entre cinquenta e sete e cinquenta e oito anos que, obviamente, se preocupa em manter a clandestinidade e não ampliar o direito das mulheres.

---

[3] O médico Abel Albino, reconhecido por seu trabalho com nutrição infantil na Fundação Conin, disse: "Está comprovado que o HIV ultrapassa a porcelana, portanto, o preservativo não é eficaz para prevenir o contágio por este vírus". Cabe esclarecer que, com o termo "porcelana", Albino parece se referir ao filtro criado em 1892 pelo cientista francês Charles Chamberland, o qual leva seu nome e era feito de porcelana, por cujos poros (por serem muito pequenos) as bactérias não passavam. No entanto, outros agentes conseguiam passar por esse filtro — com o tempo soube-se que eram vírus. Já o látex utilizado na fabricação de preservativos é impermeável e cem por cento eficaz na prevenção do HIV e de outras Doenças Sexualmente Transmissíveis.

Em pleno século XXI, tudo isso parece uma loucura. É um disparate que algumas mulheres não nos vejam iguais aos homens, e que os homens não nos vejam como iguais, também. Parece que a liberdade é um valor inerente apenas ao sexo com o qual nascemos. Até a psicanálise, que deveria ajudar aqueles que a utilizam como forma de descontruir — ou ao menos questionar — as crenças mais arraigadas, foi criada com base na teoria de que a mulher sempre se sentirá inferior por falta do pênis. E ainda que seja provável que um psicólogo não se atreva a sustentar isso, pelo menos não literalmente, o certo é que a teoria psicanalítica — fruto de uma época — mostra a importância relativa da mulher em relação ao homem, cujo valor era e continua sendo, em certo ponto, absoluto.

Vivemos em um mundo construído no masculino como guarda-chuva universal e única voz que se destaca. E ainda que muitas mulheres ao longo da história tenham trabalhado e se destacado em diferentes disciplinas, elas foram tornadas invisíveis e caladas pela voz potente dos homens. Incorporamos essa voz, a masculina, como eixo central de tudo o que fazemos e assumimos isso como dado e imóvel, porque a outra voz que deveria ter tecido os fios da cultura foi silenciada não apenas em seu fazer cotidiano, mas em seus desejos e liberdade.

Só conseguiremos uma mudança se desaprendermos aquilo que está entranhado na memória celular há, no mínimo, vinte e um séculos. O foco deve estar em demonstrar que somos iguais, e nada deve tirar nosso olhar daí. Não de modo a ganhar uma batalha, mas, sim, armado de uma identidade própria e não relativa ao conhecido. Uma identidade que construa o sentido mais profundo da liberdade a partir da experiência.

Demonstrar que a diversidade está em cada um, muito além do gênero, é o objetivo deste livro. Um convite para mergulhar nas profundezas dos deveres sociais recebidos e das crenças construídas sobre o que deveríamos ser e o papel a cumprir como manifestação desse ser. Crenças que são invisíveis no dia a dia.

Ninguém acorda um dia e diz: vou criar a Alabadas.

Encontrar a vocação torna a pessoa livre.

E foi isso o que aconteceu comigo.

Ninguém acorda e tem a ideia fantástica.

A ideia aparece com a pergunta recorrente.

A pergunta, provavelmente, está presente a vida toda, ou grande parte dela.

A pergunta nunca vai embora.

Porque, ainda que a resposta apareça, sempre surge uma pergunta nova.

O gatilho da pergunta foram os feminicídios.

Entre minhas ancestrais houve feminicídio e violência.

Casos contados com dor e resignação.

Nasci e cresci rodeada de mulheres que nasceram com as asas cortadas.

Corri o sério perigo de pensar que isso era ser mulher.

Não foi o que pensei. Claro.

Tive a sorte de ter um pai que não teve filhos homens, só duas mulheres.

Então tive muito mais liberdade do que minhas antepassadas.

As mortes de tantas mulheres me obrigaram a perguntar a mim mesma "o que está acontecendo?".

As mortes de tantas mulheres me recordaram minhas antepassadas.

A pergunta se tornou mais forte.

Por que nós, mulheres, permitimos que nos matem?

O que é preciso mudar para que o mundo mude?

1 | UM LUGAR NO INFERNO

Estar no inferno é acreditar que não podemos escolher. Estar no inferno é acreditar que o dever social recebido é uma verdade inexorável que não podemos mudar. Estar no inferno é viver presa aos moldes, aos deveres, aos comportamentos herdados e a uma visão de mundo na qual só os homens podem escolher o tipo de futuro que querem construir fora de casa. Estar no inferno é sentir que o mundo avança ao nosso redor, mas que nós ficamos quietas. Estar no inferno é desejar ocupar um lugar que já pareceu ser um sonho mas não nos animar a ultrapassar os limites para transitar no caminho que nos leve até lá.

Na essência do ser humano coabitam o feminino e o masculino — foi a cultura que se encarregou de relacionar o primeiro à mulher e o segundo ao homem, ao designar papéis específicos para cada um, bem delineados, para que não se sobreponham um ao outro. Essa divisão foi funcional na criação de leis, de políticas públicas, de funcionamento da economia e do mercado, dos direitos ou não de uns e outros e, claro, da exclusão ou inclusão de quem entra ou não em cada uma dessas categorias. Uma definição taxativa de masculinidade como expressão do poder supremo. É a partir dessa divisão que nos submetemos — tanto no passado quanto hoje — aos deveres sociais que dizem o que "devemos ser", e ocorre que as mulheres, claramente, perderam na divisão. Essa perda tem a ver com a liberdade em todos os aspectos do desenvolvimento do ser humano. E o que é ainda pior do que essa assimetria na hora de definir papéis é a invisibilidade indesculpável dessa problemática por parte da sociedade, inclusive pelas próprias mulheres.

Trata-se de um problema mundial que também diz respeito aos países desenvolvidos que tiveram a oportunidade de implementar a infraestrutura necessária para que o desenvolvimento da mulher seja equivalente ao do homem. Mesmo assim, apesar dos esforços, há dados concretos que demonstram que a cultura patriarcal persiste; a igualdade ainda não foi conseguida em nenhum país do mundo. Hoje, de acordo com um informativo da ONU Mulheres, a agenda dos direitos humanos das mulheres está em perigo no mundo inteiro. Os relatórios emitidos a cada dois anos pelos cento e noventa países signatários da Convenção sobre a Eliminação de Todas as Formas de Discriminação contra a Mulher (CEDAW, na sigla em inglês) dão conta disso. Nós, mulheres, já avançamos, mas o avanço parou.

Vejamos alguns números. No ano em que este livro foi escrito, a participação feminina na política era de 23% em nível mundial. Os dois parlamentos com maioria de mulheres eram os da Bolívia, com 52%, e o de Ruanda, com 51%. Em todo o mundo, 60% das mulheres trabalham informalmente, e só 20% do total de mulheres no mundo tem acesso ao sistema financeiro. Segundo o Banco Mundial, em 2017, as mulheres eram 3,73 bilhões — portanto, só 746 milhões têm acesso a uma conta bancária e à possibilidade de ter crédito em 2017, um elemento fundamental para o crescimento econômico de um indivíduo. No mundo inteiro, nós, mulheres, ganhamos em média 25% menos que os homens para realizar o mesmo trabalho. A alocação histórica das tarefas domésticas e de cuidado nas mãos femininas implica que as mulheres trabalhem cerca de 10% a mais que os homens naqueles setores da sociedade que contam com ajuda, nas tarefas do lar e no cuidado de crianças e adultos idosos, cerca de 33% a mais em setores médios, e quase 50% a mais nos setores carentes de todo o mundo. Esses números definem claramente o que se chama de "estereótipo de gênero", já que é apenas a mulher que se encarrega de realizar as tarefas correspondentes à manutenção do lar, além de trabalhar fora de casa.

Um dado não menos importante sobre o estancamento da agenda de gênero no mundo é que, depois da quarta Conferência Mundial sobre a Mulher, que ocorreu em Pequim, em 1995, não houve um quinto encontro. Para Carmen Quintanilla, deputada do partido Podemos por Ciudad Real, na Espanha, não foram reunidas as vontades necessárias por parte dos países-chave para sua realização. Ela atribui isso ao fato de que muitos países influenciam a partir de sua posição de poder para que a quinta conferência não ocorra. Sobre isso, Bachelet diz: "No final do meu primeiro ano de governo era hora de fazer Pequim+20, e não foi possível porque sequer tínhamos conseguido tirar a resolução de Pequim"[4]. Vale esclarecer que a quarta conferência mundial de 1995 foi um grande passo no compromisso dos países em ampliar os direitos das mulheres e um ponto de ruptura importante no que diz respeito ao avanço que, a partir dali, tivemos no mundo inteiro.

O mundo é governado majoritariamente por homens: de 193 países, apenas 15 são dirigidos por mulheres. Os presidentes ou primeiros-ministros de muitos dos países onde as mulheres não governam (como é o caso do Canadá) prestam atenção especial à paridade de gênero — de fato, no gabinete ministerial desse país, a participação de mulheres e homens está absolutamente equilibrada. Por outro lado, há países sob comando de homens que não têm

---

[4] Declaração e plataforma de Pequim. Disponível em: ‹www.unwomen.org›. Acesso em: 27 de janeiro de 2020.

nenhum interesse que as mulheres avancem. A foto de Trump ao lado do líder totalitário norte-coreano (junho de 2018) não deixa dúvidas sobre quem pode ser o detrator da agenda de gênero no mundo. A Rússia, por exemplo, sob comando de Vladimir Putin, tem um índice de catorze mil feminicídios por ano, trinta e seis mil mulheres maltratadas por dia, segundo registros policiais daquele país, e uma lei sancionada em 2017 que garante que o homem dê uma surra uma vez por ano em sua mulher, desde que não quebre nenhum osso[5]. Uma agenda de gênero que garanta minimamente os direitos da mulher não parece estar nos planos desse presidente. Se olharmos para o G20, os países que levam adiante uma agenda de gênero comprometida são minoria, ainda que esse fórum tenha um grupo de engajamento desde 2015, o W20 (Women 20), cujo propósito é discutir a paridade de gênero sob diferentes eixos temáticos. Mesmo assim, a agenda não avança, e estamos distantes ainda de saltos exponenciais nesse sentido.

A cultura patriarcal continua invisível em muitos lugares do mundo. Na Argentina, aos poucos, vai ganhando visibilidade, mas ainda resta um longo caminho para percorrer. Não é fácil detectar os sinais do patriarcado que já estão arraigados em nosso dia a dia. A cultura masculina está enraizada em grande parte das sociedades do mundo, e a consequência é a invisibilidade e a violência contra as mulheres. Os países que mais sofrem com essa situação são os da América Latina e Caribe, os asiáticos e os árabes, nos quais a violência está instalada na sociedade como algo natural. Em alguns

---

5   Disponível em: ‹www.weforum.org›. Acesso em: 27 de janeiro de 2020.

países da África, a mulher não tem valor, exceto como recipiente reprodutivo e como produto mercantil. No Sudão, por exemplo, meninas entre nove e onze anos são obrigadas a se casarem com senhores que têm três vezes a idade delas. No Egito, ainda se pratica a mutilação genital das adolescentes. Em países como a China, a lei garante que mulheres grávidas de meninas possam abortar; isso não é possível se o feto for homem. Diante de semelhante dado, é fácil imaginar o valor que a mulher tem na sociedade chinesa. Quando o ultrassom não existia, as meninas já nascidas podiam ser assassinadas, sem que isso fosse punido pela lei. Graças a essa legislação, nos dias de hoje, esse país tem uma conformação na qual os homens são maioria e não conseguem cumprir com a incumbência de deixar descendência, porque agora as mulheres se dão ao luxo de escolher com quem querem se casar. Mas elas precisam fazer isso antes dos vinte e cinco anos: depois dessa idade, são consideradas velhas. As mulheres chinesas que começam a lutar por seus direitos sequer têm a possibilidade de ver o que as outras mulheres do mundo fazem porque só podem acessar *sites* de internet chineses, cujo conteúdo é controlado pelo governo. Por isso, elas caminham sozinhas, ávidas por ajuda nesse sentido e encontram portas fechadas. E poucas têm esse privilégio, pois a intenção de se impor em relação aos homens e ao governo pode ser seriamente castigada.

Na Arábia Saudita, as mulheres só puderam dirigir a partir de 1º de julho de 2018, e o mercado de trabalho se abre para elas de modo muito lento e para poucas tarefas, por conta da reforma econômica que o Estado quer implementar até 2030. Em fevereiro de 2018, a Saudi General Directorate of Passports (GDP) abriu quarenta postos de trabalho para controle de passaportes e emitiu aviso de pedir emprego para mulheres entre vinte e cinco e trinta e quatro anos nascidas na Arábia Saudita e que vivessem ali no momento. Cento e sete mil mulheres se inscreveram para os postos de trabalho oferecidos. É uma boa notícia, já que a discriminação contra a mulher é extrema naquela parte do mundo, e os poucos privilégios até então disponíveis só tinham alcançado poucas mulheres de famílias ricas que tiveram a oportunidade de estudar na Inglaterra ou nos Estados Unidos e agora vivem vidas ocidentais. De qualquer forma, é terrível e inaceitável que esse tipo de discriminação ainda persista, e isso chega a nós como uma mensagem clara de que as mulheres são inferiores aos homens.

Todos temos a possibilidade de olhar e escolher como ultrapassar as barreiras dos deveres impostos. Homens e mulheres contam com essa possibilidade e a usam todo o tempo, ainda que não se deem conta. Podemos escolher quais crenças adotar e quais deixar de lado, assim como também a quem dar a mão para ajudar a crescer e a quem não a estender. As escolhas dependem das crenças construídas. Sempre escolhemos em função do que valorizamos e pelos interesses que criamos. Mas também temos que levar em conta que essa escolha é feita entre a gama limitada de possibilidades que conhecemos. Não podemos escolher o que não conhecemos ou o que ainda não nos demos conta de que existe. Dentro dessa gama de possibilidades, os recursos com os quais contamos não são um dado de menor importância. Portanto, cada um de nós terá um lugar em função do conjunto de deveres que recebeu, se é que ainda não se deu conta de que esses deveres existem e conseguiu desafiá-los. Ou talvez a pessoa já tenha se dado conta, mas não pode agir porque não conta com os recursos necessários. Recursos não só econômicos ou materiais, mas também internos, aqueles que tem a ver com nossas emoções e nossa capacidade de ação.

O desenvolvimento profissional das mulheres não está isento do patriarcado, e é uma das faces visíveis da desigualdade. O contexto no qual uma mulher se insere e o modo como seus superiores a valorizam serão fundamentais para seu desenvolvimento. Uma pessoa que tenha um certo posto hierárquico, seja homem ou mulher, e não valorize a diversidade, não dará espaço às mulheres, porque a diversidade é medida em termos de pluralidade de pensamento; homem patriarcal e mulher patriarcal são a mesma coisa. "Aquela mulher que chega (a ocupar uma posição de liderança) e não se lembra de que é mulher (para ajudar as outras a chegar) tem um lugar assegurado no inferno", diz María Noel Vaeza, diretora regional da ONU Mulheres para a América Latina e o Caribe, referindo-se a uma frase de Madeleine Albright, ex-secretária de Estado dos Estados Unidos. Esquecer-se de que se é mulher é uma crença patriarcal. As mulheres que alcançaram um posto de liderança tiveram que pagar custos altos, porque tiveram a vida de trabalho dos homens da sociedade patriarcal. Ocupar um posto de liderança em uma sociedade patriarcal é um papel limitado aos homens e a pouquíssimas mulheres. Se não fosse assim, o cargo de diretor executivo não seria ocupado em 94% das vezes por homens, em nível mundial, e apenas em 6% das vezes por mulheres.

O ritmo da sociedade patriarcal é marcado pelos homens e pelas mulheres na mesma medida; mas a história, a arte, a literatura, as religiões, a arquitetura, as ciências, a política, o cinema e a tecnologia, em suas manifestações públicas, se sobressaíram a partir de uma única voz: a masculina. E continua sendo assim em muitos âmbitos. Basta observar os meios de comunicação e ver quem são os autores das colunas de opinião, por exemplo, na Argentina. Basta olhar o Congresso Nacional, onde, antes da lei de paridade de gênero[6], havia poucas mulheres. Basta, também, olhar os gabinetes dos ministros do mundo inteiro: são muito poucos os países que têm paridade entre mulheres e homens. De modo geral, nos que têm mulheres, esse número não chega a 30%, como é o caso da Argentina. Se procurarmos entre os prêmios Nobel, como o de literatura, por exemplo, veremos que dos 113 prêmios entregues, só 14 foram dados a mulheres[7]. Isso se reproduz em quase todas as áreas do conhecimento e muito mais ainda nos estratos de poder. Essas vozes determinam até o que é ser homem e o que é ser mulher. A partir dessa perspectiva, para ocupar um lugar parecido ou igual ao dos homens, ganhar sua confiança na forma de fazer e ser validada por eles, existe um único caminho possível: tomar as mesmas atitudes que eles e, desta forma, abrir um canal de comunicação com a intenção de gerar empatia. Nessa linha, poucas mulheres são beneficiárias da confiança da mente patriarcal, independentemente se essa confiança vem de homens ou de outras mulheres. Nem todas as mulheres têm consciência do que significa a liberdade de exercer seus direitos e, pelo contrário, lutam por um poder que tem as mesmas características do que aquele que é exercido pelos homens e que as mantém em confronto com seu próprio gênero.

---

6   N. da T.: A lei de paridade de gênero em áreas de representação pública, que estabelece igualdade de gênero nas listas de candidatos ao Congresso Nacional e ao Parlamento do Mercosul, foi aprovada na Argentina em 2017 e regulamentada em 2019.
7   N. da T.: O prêmio Nobel de Literatura 2018 foi outorgado, em 10 de outubro de 2019, para a polonesa Olga Tokarczuk. Na mesma ocasião, o austríaco Peter Handke foi anunciado como vencedor da premiação de 2019.

Costumo ouvir frases como: "Se eu cheguei aqui, as outras também podem conseguir"; "Não falemos de mulheres, falemos de seres humanos"; "O que vale é o talento, não importa o gênero", e isso é fruto e consequência do patriarcado.

O grande problema é que essa mulher que chegou a essa posição ainda não se conscientizou de que todas fomos discriminadas ao longo da história, e ainda que ela acredite o contrário, isso também aconteceu com ela. Essa mulher não é consciente de que muitas abriram caminho para que hoje ela ocupe este lugar: poder sair do papel de dona de casa, de suporte emocional, de ser mãe e ter um trabalho de melhor importância. Essa mulher continua endossando o patriarcado, porque não consegue ver nada diferente disso, e tudo o que faz reafirma o *modus operandi* patriarcal. Essa mulher pensa que apenas poucas — parecidas com ela — podem alcançar postos de liderança. Associa o feminino à fraqueza e continua vendo o homem como sua inspiração e aspiração. Minha única intenção é descrever um mecanismo visível na sociedade patriarcal, longe de mim fazer disso uma crítica. Nesse tipo de sociedade, o rei, o patriarca (o homem), dá a bênção, e as mulheres competem por essa bênção. O masculino acima do feminino.

"Nós, mulheres, não somos inimigas umas das outras. Ainda que a sociedade machista acredite nisso e promova a competição pelo homem como um bem maior", opina Ana Torrejón, jornalista. A competição entre mulheres é uma característica clara da sociedade patriarcal, expressa por homens, mas também por mulheres na hora de descrever a si mesmas ou de descrever atitudes próprias ou alheias. Algo como "dividir e reinar". A luta pelo homem como um bem maior ultrapassa os espaços de poder e coloca-o como um troféu a ser conquistado. Cansamos de ver, em certos programas de televisão, como duas mulheres brigam por um homem. Por sua vez, os meios de comunicação jamais expõem dois homens brigando por uma mulher. Sem falar nas sociedades em que a poligamia é permitida: um homem pode se casar com várias mulheres de uma vez, mas uma mulher jamais poderia se casar com vários homens. Uma demonstração de como as mulheres são corpos gestantes, recipientes dos filhos desses homens cujo poder se mede pela quantidade de mulheres que têm e pela descendência que deixam.

Desafiar crenças implica olhar conscientemente o que valorizamos. Implica pensar como foi que essas crenças foram construídas na infância, quais foram os gestos, os exemplos, as palavras que escutamos e o que vimos no mundo ao nosso redor. E também refletir sobre se esse esquema de sociedade nos satisfaz ou não. Ser mulher em uma nova construção social deveria significar pensarmos em nós mesmas como pessoas, além dos atributos que nos foram assinalados pela cultura, além de um corpo com capacidade de gestar, parir, amamentar.

E, nessa desconstrução, aprimorar as características pessoais, conectando com o desejo profundo, habilidade que a sociedade patriarcal baniu do mundo das mulheres. O desejo de uma mulher sempre foi considerado um pecado grave, desde todos os pontos de vista. Em contrapartida, o desejo do homem, até em seus instintos mais baixos, é e sempre foi permitido socialmente, desde que tivesse a ver com aquilo que a sociedade definia e ainda define como masculino.

As mulheres com poder foram mostradas como escandalosas ou histéricas; bruxas que em algum momento desencadeiam o caos que, por sua vez, acaba sendo arrumado pelos homens, grandes salvadores de "pobres coitadas" que não souberam manter a calma. Também há mulheres poderosas que minam outras mulheres, que pisam nelas, com as quais competem e acabam ganhando; as que atuam, "coitadinhas", como mais um estereótipo do patriarcado. Filmes como *Uma secretária de futuro* ou *O diabo veste Prada* são emblemas desse jogo perverso que o patriarcado se encarrega de mostrar (e fortalecer) como modelos a serem seguidos. As más líderes que pisoteiam as mulheres mais fracas são as que, apoiadas por um homem, conseguem vencer.

Há pouco tempo, em um workshop que ministrei em uma multinacional petrolífera, na qual a audiência, magicamente, era mista — em geral, em eventos que têm como título "paridade de gênero", a maioria de participantes é de mulheres —, uma das diretoras da empresa levantou como tema de discussão o motivo pelo qual as mulheres custam tanto a ter êxito e conquistar lugares de liderança. Uma das pessoas presentes, muito jovem, respondeu a essa inquietude:

> Somos duas filhas mulheres, e nossos pais se encarregaram a vida toda de nos proteger, sobretudo quando saíamos para a rua. "Avisem quando chegar", eles nos diziam. "Não fiquem na rua até muito tarde", voltavam a falar em diversas oportunidades. É um medo que vai sendo implantado, um medo que acaba repercutindo em todas as áreas da vida; uma insegurança com a qual você se acostuma. Esse medo não permite que a pessoa cresça e sempre acaba convertendo-se em um limitador em todos os aspectos da vida.

O medo... essa emoção que nos diz: "Cuidado, algo valioso está em perigo". O que está em perigo que é valioso é a possibilidade de sermos o que desejamos ser, ainda que tenhamos que romper barreira após barreira, depois de termos sido capazes de mudar a perspectiva e nos darmos conta de que o patriarcado realmente existe: é, nem mais, nem menos, o sistema cultural no qual nascemos e crescemos.

Todas nós buscamos algo na vida.

A felicidade.

A liberdade.

A busca tem um significado e uma consciência própria.

O significado é diretamente proporcional à consciência.

Nos darmos conta é um ato de consciência.

Vermos a nós mesmas implica nos olharmos.

Mudar o olhar.

Fazer perguntas sobre o que teria acontecido não é resolver.

É ampliar o olhar.

Ressignificar a vida, nossa vida, nos dá o poder de mudar.

2 | ESTAMOS *TODES PRONTES*

"Eu gostaria de começar com algumas linhas que o pensamento tradicional nega", disse Natalia Ginzburg no ensaio *Mulheres e homens*.

Há algum tempo, fui convidada para um evento sobre mulheres líderes. Como costuma acontecer, o auditório estava lotado de mulheres — atrevo-me a dizer que 90% do público era feminino. O mestre de cerimônias, que era homem, abriu o encontro assim: "Boa tarde a todos".

Supõe-se que, na norma culta, essa é a forma correta e isso, em si mesmo, não seria um problema. De fato, existem muitos idiomas que não fazem distinção de gênero. Talvez isso não fosse objeto de crítica, ou sequer de nota, se vivêssemos em uma sociedade na qual homens e mulheres fossem valorizados da mesma forma. Paulina García, atriz e diretora chilena, conta, em entrevista para a Alabadas, que seu marido, quando há mais mulheres do que homens em um determinado lugar, não diz: "Estamos todos prontos", mas "Estamos todas prontas".

O mesmo relata Inés Garland, escritora, quando conta que em sua família eram quatro irmãs mulheres, e seu pai, antes de sair, dizia: "Estamos todas prontas".

A linguagem serve para mediar nossa percepção. A linguagem está entre nós e a vida que nos rodeia. É desse modo que ela condiciona nosso pensamento, porque o pensamento se forma a partir da linguagem, que é seu molde.

O modo como utilizamos a linguagem abre ou fecha possibilidades, inclui ou exclui. As palavras que saem dos nossos lábios falam de nós mesmos, da nossa cultura e da maneira como vemos o mundo.

O idioma espanhol[8] — tal como foi construído e como aprendemos a utilizá-lo e, em consequência, reproduzi-lo — provoca restrições de gênero e encerra possibilidades, sobretudo para a mulher e para aquelas identidades de gênero que não se sentem incluídas dentro da definição cultural de homem e mulher. De fato, hoje podemos escutar: "Você é um gênio", em vez de "Você é uma gênia", palavra que o Word (o processador de texto) marca em vermelho como se fosse um erro. O mesmo ocorre quando escrevemos "presidenta" ou "gerenta" para nos referirmos a uma mulher que assume esses cargos.

Um homem falar no feminino plural quando há maioria de mulheres em um determinado espaço mostra um avanço em seu grau de consciência a respeito do valor das mulheres e, independentemente se a maneira é ou não correta, esse modo de utilizar a linguagem reflete o interesse em incluir. É o que se denomina poder discursivo, o poder que alguém que "diz" tem de influenciar, condicionar, reproduzir e transformar realidades.

Fomos ensinados que a maneira correta, mesmo que haja mais mulheres do que homens em um determinado lugar, é falar: "Bom dia para todos". Isso constrói realidade e valor. Mas essa estrutura de linguagem não nasceu sozinha; alguém ou algum grupo de pessoas definiu que era o modo correto. Essas pessoas fizeram isso a partir de seus modelos mentais, de suas crenças mais profundas, ou talvez herdaram isso de sua cultura. A questão é que existe uma organização social masculina, que é ao mesmo tempo reproduzida e ali-

---

8   N. da T.: O mesmo acontece com o português.

mentada pela linguagem, ou seja, a linguagem gera, reproduz e fortalece essa organização. Mostra, portanto, um mundo construído nesse sentido e lhe dá um valor. Há uma interação constante entre o discurso e as relações de poder, de modo que o masculino genérico como norma linguística reproduz as assimetrias entre gêneros tanto no nível social como no econômico, cultural e político.

A voz masculina subentende a feminina no idioma espanhol, mas quando se trata de utilizar a voz feminina, tudo o que se refere ao masculino é excluído.

Como para o patriarcado o masculino é universal e o feminino é inerente apenas à mulher, elas podem falar no masculino para se referirem a si mesmas e a um homem ou vários, ou até a vários homens e mulheres, sem que isso cause nenhum tipo de questionamento. Por outro lado, se um homem fala no feminino plural para referir-se a si mesmo junto com um grupo de mulheres, parece que toda sua masculinidade é colocada em dúvida. Sem contar o costume da linguagem. Será este o julgamento subjacente pelo qual os homens não utilizam o plural feminino? Ou talvez tenha sido o julgamento pelo qual os senhores da Real Academia Espanhola se basearam para determinar a forma "correta" de referir-se a um grupo de pessoas. E como ficam as mulheres que utilizam o masculino plural, mesmo quando são maioria em uma determinada circunstância?

A valorização do masculino como universal e a vinculação do feminino como privado da mulher são crenças profundas que condicionam o uso da linguagem, assegurando sua sobrevivência ao serem transmitidas por esse meio. Assim, a partir da linguagem, consolidou-se o masculino como construção que inclui homens e mulheres, e o feminino só quando fazemos referência às mulheres. Quando selecionamos entre um conjunto de alternativas determinadas palavras para nos expressarmos e deixamos outras de fora, estamos escolhendo em função da opinião ou dos julgamentos que criamos sobre a situação em questão e, por suposto, da cultura na qual estamos imersos. O ser humano não pode ser separado da linguagem. Somos linguagem, pensamos com a linguagem, sonhamos em palavras, a vida está feita de linguagem, portanto seria tremendamente trivial separar a linguagem da construção do que somos em todo sentido. Em uma sociedade patriarcal, o homem tem que ser homem, tem que se comportar como homem, falar como homem e, em momento nenhum, mostrar algo que o relacione ao feminino. É mais aceitável que meninas brinquem com carrinhos na infância, mas é visto com maus olhos que os meninos brinquem com bonecas. No máximo, nesse tipo de sociedade, os meninos ganham um urso de pelúcia — desde que seja urso e não ursa, e seja azul, e não rosa. Toda possibilidade de ser relacionado com o feminino é malvista.

Há alguns anos, lembro que levei minha filha, então com três anos de idade, à festa de aniversário de uma amiguinha. Os animadores da festa propuseram aos meninos e às meninas que se fantasiassem. Uma das meninas não quis se fantasiar de princesa, mas sim de Homem-Aranha. Ninguém disse nada, mas o problema ocorreu quando um dos meninos quis colocar a fantasia de princesa. Então, uma das pessoas que animava o aniversário se aproximou do grupo de mães e perguntou se elas permitiam que a criança fizesse isso. Esse menino estava sob minha responsabilidade, e então respondi que o deixassem fazer o que quisesse. O garotinho veio até mim para me mostrar orgulhoso sua fantasia, e eu perguntei do que ele estava fantasiado. Ele me olhou e respondeu: "De príncipe". É importante ressaltar que havia apenas dois tipos de fantasias: princesas ou super-heróis. Não havia outras opções, sequer algumas que pudessem ser combinadas entre si para formar uma fantasia diferente, ainda que fosse apenas para incentivar a criatividade das crianças.

Uma categoria de acordo com a sociedade patriarcal: fantasias femininas para as meninas, super-heróis para os meninos. A maioria das mães que estavam presentes disse que não lhes parecia adequado que o menino colocasse uma das fantasias de princesa; mas ninguém, absolutamente ninguém, fez alguma referência à roupa de Homem-Aranha da menina. Mais uma vez, é mais aceitável que a mulher esteja vestida de Homem-Aranha ou utilizando a voz masculina, pois, aos olhos da sociedade, isso não coloca em risco sua feminilidade, mas o homem não tem permissão para parecer com o que a sociedade define como feminino, porque na sequência é colocada em julgamento sua condição de macho, ou, como no caso desse menino, a construção de sua masculinidade.

Vivemos em uma sociedade pensada, baseada e totalmente construída sobre o masculino, e isso é justamente o que se manifesta na linguagem. A definição de "homem-mulher" não existiria se não houvesse palavras que a descrevesse, ou, no caso do idioma espanhol, uma Real Academia que se refere a ela e a define, e, na sequência, uma sociedade que se encarrega de adicionar condimentos a ela. Na realidade, a relação entre as normas linguísticas e o uso da língua não é vertical, quer dizer, a norma, em princípio, pode condicionar o uso, mas a linguagem é dinâmica e, a partir deste dinamismo, influi também sobre a norma, que pode mudar para refleti-la (ainda que, a princípio, a norma sempre resista a isso).

Para homens e mulheres, utilizamos a primeira pessoa do plural (nós) sempre no masculino, ainda que haja apenas um homem e o restante das pessoas presentes sejam mulheres. Ainda que haja quem acredite tratar-se de detalhes triviais ou sutis, as palavras dão poder e geram cultura. A maneira como falamos nos define como indivíduos, como sociedade, como cultura. Um mestre de cerimônias que diz "Boa tarde a todas", se há mais mulheres do que homens em um auditório, passa automaticamente uma mensagem de inclusão e mostra que não é diferente da mulher. O mesmo ocorre se essas palavras surgem na boca de uma mulher. Nesse caso, ela estaria mostrando que acredita que as mulheres são iguais aos homens e que, sim, há mais mulheres do que homens presentes em um lugar determinado — a mensagem de inclusão e paridade é utilizar "todas". A linguagem é uma ferramenta poderosa e transformadora de consciência. Assim, em um auditório com maioria de mulheres, utilizar "Boa tarde a todas" teria colocado automaticamente em um mesmo patamar, no mesmo lugar, ambos os sexos. E esse era, definitivamente, o objetivo do evento.

Há outras construções de linguagem, como, por exemplo, a palavra "esposa", que em nossa sociedade, talvez cada vez menos, refere-se a um nome e a um sobrenome, que em alguns países pode ser seguido por um "de" para antecipar o do marido. Em alguns casos, o sobrenome da mulher até se perde, é anulado, e ela termina utilizando o do homem, deixando o seu (juntamente com sua identidade) de lado. Em um evento do qual participava a então primeira-dama argentina e que tratava de assuntos referentes ao empoderamento da mulher e à forma de nomeá-la, quem abriu o encontro — novamente um homem — dirigiu-se à então primeira-dama argentina que estava ali presente como Juliana de Macri. Eu entendo que isso tem a ver com protocolos próprios de órgãos estatais, mas, dada a temática do evento, essa forma de nomeá-la causou um burburinho na sala. Qual é a mensagem que estamos recebendo com essas construções? Na construção de uma sociedade igualitária, são de menor importância essas formas de expressar que uma mulher é casada com determinado homem? Essas formas não são, de maneira alguma, triviais, porque continuam colocando a mulher como sendo "posse de", em inferioridade de condições. E ainda que as leis mudem, e atualmente as mulheres não tenham que usar o sobrenome dos maridos, em muitas sociedades que ainda continuam sendo fortemente patriarcais, os usos e os costumes não são tão fáceis de serem modificados e continuam construindo pensamentos e crenças que vão sendo transmitidos e, como consequência, gerando cultura e formas de conduta.

Em um contexto como o atual, no qual o tema da paridade de gênero está colocado na mesa, modificar o modo de nomearmos a nós mesmas e as construções idiomáticas que restringem possibilidades de igualdade, sejamos homens ou mulheres, nos modifica e gera um círculo vicioso dentro do qual são as palavras que nos levam a dar-nos conta de onde estamos. A partir dessa consciência, podemos escolher aquelas palavras que não nos ajudam a aprofundar ainda mais as crenças construídas, que são grandes limitantes da evolução individual e social.

Pensar nas palavras e nas construções que fazemos com elas, questioná-las, olhá-las a partir de uma distância crítica — até mesmo quando nosso cérebro resiste, porque até agora as usamos de outra forma, quase automaticamente, durante toda a nossa vida; ainda que, ao fazê-lo, uma luz vermelha se acenda internamente, o mesmo vermelho com o qual o Word sublinha a palavra quando a considera um erro. Apesar disso, todas deveríamos praticar o uso de uma linguagem diferente da imposta e enfrentar o desafio constante de utilizá-la de maneira inclusiva. A proposta atualmente é utilizar o x ou a @ como genéricos. Isso é factível na escrita, mas não na pronúncia. Podemos escrever "prontxs" ou "pront@s", mas não podemos falar "prontxs/@s".

A letra "e" impõe-se atualmente como uma expressão inclusiva. Ainda que as frases "Boa tarde a todes" ou "Feliz dia do amigue" — como a marca de roupas de cama e decoração Arredo utilizou no dia do amigo de 2018 — possam soar estranhas a princípio, porque não existem como opção "oficial" dentro do idioma, elas ajudam a tomar consciência de que não há só dois gêneros no planeta Terra, mas muitas identidades que não estão incluídas na cultura atual. E ainda que muitos possam formar uma resistência, escutar um grupo de adolescentes falar com o "e" e dizer "todes" em vez de "todas" ou "todos" é um caminho sem volta.

A linguagem deve ter utilidade para a mudança cultural e esta, por sua vez, deve ser refletida na linguagem. As palavras que escolhemos utilizar falam de nós mesmos e do que está acontecendo, portanto, a linguagem é uma ferramenta poderosíssima que não só provoca a mudança, mas também toma para si a mudança que é gestada em uma comunidade ou sociedade. A Real Academia Espanhola deveria estar aberta para registrar o modo como efetivamente a língua é usada e ir adequando a norma em função de como a sociedade vai evoluindo. María del Carmen Calvo, vice-presidenta e ministra da Presidência, Relação com o Judiciário e Igualdade do governo da Espanha, pediu, em 2018, que a Real Academia Espanhola adequasse a constituição da Espanha a uma linguagem inclusiva. "Temos uma constituição no masculino, de ministros e deputados, que corresponde à carta magna de quarenta anos atrás. Falar no masculino leva apenas imagens masculinas ao cérebro", afirmou. Em resposta, o grande escritor Arturo Pérez-Reverte, membro da instituição, disse no Twitter que, se isso acontecesse, ele iria embora imediatamente. Apesar disso, será muito estúpido se os honoráveis membros da Academia se negarem a registrar uma linguagem inclusiva como norma geral, porque assim estarão negando a mudança social.

Escolher as mulheres que minha intuição apontava como corretas.

Quero ver mulheres comuns, disseram algumas nas redes.

Elas são mulheres comuns.

As trinta e uma mulheres escolhidas para a primeira temporada e as vinte e nove, para a segunda temporada, são mulheres comuns que decidiram. Assim como os sete homens que ajudam a cada dia com um exemplo de serem e se declararem publicamente feministas.

As mulheres fizeram de sua vida o que mandou seu desejo.

Elas também foram discriminadas.

Elas ignoraram certas limitações.

Elas quebraram alguns paradigmas.

Fizeram um esforço e não se dobraram.

Desafiaram crenças.

Desafiaram dores profundas.

Desafiaram a si mesmas.

3 | POSSO TER TUDO

Ser mãe ou não ser nada? A maternidade é o limite?

O papel de mãe invalida todo o restante quando o valor da mulher em uma sociedade só é medido pela capacidade de reprodução. Ao longo dos séculos, a mulher foi colocada nessa posição. De fato, ainda podemos escutar frases como: "Uma mulher não se realiza enquanto não for mãe".

Entendemos a cultura como o conjunto de usos e costumes que uma sociedade adquire, adota e reproduz, para que sua vida possa se desenvolver dentro das normas que esta mesma sociedade constrói para, de alguma maneira, assegurar a ordem, regulando condutas e traçando limites cuja transgressão implicaria algum tipo de penalidade. A maneira como nos comportamos, — nossos hábitos, nossas condutas, frutos dos deveres sociais recebidos ao longo dos séculos — gera cultura.

As mudanças nas sociedades acontecem de maneira lenta e é necessário ter um verdadeiro incômodo compartilhado por um grupo numeroso de pessoas para que ocorram. De fato, há uma ordem pré-estabelecida que vai sendo transferida de geração em geração e que não se altera, a menos que uma massa crítica de pessoas possa sair dessa matriz e isso ocorra em um movimento social e/ou venha acompanhado de um avanço tecnológico que permita que a mudança seja acelerada.

Na série *Call the midwife* — que mostra um grupo de parteiras religiosas que não descansam porque assistem os partos no subúrbios de Londres no início do século XX —, uma das parteiras mais experientes diz a uma jovem iniciante: "Espero que, em algum momento, alguém invente algo que permita que as mulheres tenham os filhos que desejem ter". É muito interessante, porque em momento algum a série oculta o sofrimento das mulheres quando têm o décimo filho, nem a pobreza ou os casos de sífilis que essas mulheres contraem por meio de relações sexuais que seus maridos têm ou tiveram com prostitutas, nem os filhos abandonados (entre outras coisas). Em um dos capítulos, há uma cena muito gráfica da submissão feminina: uma mulher quase se obriga a não dar à luz enquanto confessa à parteira que foi infiel ao marido com um homem negro e tem medo que seu filho não seja branco. Ela diz, também, que se odeia por estar casada com esse homem; não porque ele não seja bom para ela, mas porque ela não o ama e só está ao seu lado porque ele lhe garante segurança econômica, uma vez que havia dado a ela e à filha que teve ainda solteira a vida que jamais poderiam ter tido de outra forma. A parteira sai para anunciar que o menino nasceu, o homem entra, beija o rosto da mulher visivelmente emocionado, olha a criança negra e, para assombro da parteira, da mulher e dos telespectadores, pega o menino em seus braços com muito amor.

A mulher presa à maternidade como futuro; a encarregada de levar no ventre o desejo de outro, muitas vezes, mais forte do que o próprio desejo... Até que ponto a maternidade é uma escolha e onde começa a ser apenas um condicionamento social? Até que ponto as mulheres escolhem ser mães, ainda que tenham a possibilidade de não ser? Ainda não faz um século que inventaram a pílula contraceptiva. Uma grande porcentagem da população atual nasceu muito antes que as mulheres pudessem viver uma vida sexual livre do perigo da gravidez, mas mesmo tendo a possibilidade de impedir a gestação, existiram forças opositoras — como a Igreja

Católica, por exemplo — que decretaram ser pecado que as mulheres pudessem escolher entre ter ou não ter filhos, já que isso era um atentado contra a principal instituição social: a família.

O interessante desse ponto de vista é que, nessa suposta liberdade de escolha de ter ou não filhos, o homem nunca aparece. Viemos de uma história na qual os filhos pareciam ser unicamente da mulher, e o homem só decidia se o filho era dele ou não ao reconhecê-lo com seu sobrenome. Se ele não fizesse isso, quem era julgada era a mulher, e se o homem reconhecesse o filho com seu sobrenome e não se casasse com essa mulher, da mesma forma, ela era condenada socialmente — assim como o menino ou a menina —, e o homem posava perante a sociedade como o cavalheiro que havia feito um favor para ela. Mas era indiscutível que os filhos nascidos de um casamento eram de ambos, até mesmo quando o homem tinha suspeita ou certeza da infidelidade, porque aceitar tal infidelidade colocaria em jogo sua hombridade diante de si mesmo e dos demais.

Com o surgimento da pílula contraceptiva, ocorreu uma das mudanças mais importantes dos últimos dois mil anos, já que a mulher começou a ter algum poder sobre seu corpo no que diz respeito à decisão de ter ou não filhos, ainda que continuasse (e continua) a receber o dever social da maternidade. E tudo isso levando em conta, por exemplo, que algumas publicidades promoviam a nova forma de apresentação do contraceptivo — um blister indicando o número do dia de cada pílula tomada —, apelando aos homens com mensagens como "Para que a lembre de tomar a pílula", com uma vendedora de farmácia mostrando a nova embalagem a um homem, claramente como se a mulher não fosse capaz de fazer isso sozinha. Foi só tentar popularizar e tornar hábito o uso do preservativo, e enormes campanhas foram realizadas na década de 1980, com a aparição do HIV. Mas, na verdade, custou — e ainda custa — para que os homens usassem camisinha, sobretudo em algumas sociedades que consideram isso culturalmente como um sinal de pouca masculinidade.

A sociedade não exige que o homem tenha filhos. O homem recebe outros deveres, mas nunca tem pressa para ser pai porque pode conceber filhos por toda a vida. Em contrapartida, as mulheres têm um relógio biológico com um tempo determinado, ainda que na atualidade isso tenha sido um pouco estendido com o congelamento de óvulos e com os métodos de fertilização assistida. Hoje, muitas mulheres escolhem que não serão mães ou optam por serem mães solo, outras, quando o relógio biológico exige, decidem congelar óvulos para o caso de, em algum momento, desejarem ter filhos, e há até aquelas que escolhem procurar barrigas de aluguel ou adotar. Mas na sociedade há sempre uma espécie de sinalização, um dedo acusador em direção à mulher e à maternidade que é acompanhado de uma certa condenação social daquela que escolheu não ser mãe.

De todas as maneiras, uma vez que opta pela maternidade, a mulher também é condenada a ser um tipo de mãe segundo as normas que a sociedade julga como corretas. E nem todas as mulheres podem escolher "eu não quero ser mãe" ou "escolho não ser mãe". Parece que a condenação social sempre chega para a mulher que queria ou não ser mãe, e esse julgamento, ou condenação sem julgamento, manifesta-se na escolha maniqueísta que o *status quo* social impõe: ser mãe ou profissional.

A maternidade é um dever transferido de maneira muito clara desde as brincadeiras infantis (as meninas ganham de presente o carrinho de bebê, a boneca, o fogão, os artigos de limpeza) ou com o uso da palavra "autorizada": quem não escutou alguma vez sua mãe dizer "Você vai pensar diferente quando for mãe" ou "Quando for mãe, você vai entender". E, apesar de tudo o que foi dito anteriormente, o atual mercado de trabalho está cheio de mulheres que trabalham e não alcançam postos de poder. Hoje, até há empresas que têm homens e mulheres em igual número, ainda que não nos postos mais altos. De fato, há maioria de mulheres nas universidades. Mulheres que estudam todos os tipos de ciências, tanto as chamadas "ciências duras" como as "ciências moles", ainda que, sem dúvida, nos postos de trabalho, elas ocupam mais os cargos que, de alguma maneira, se relacionam com: Sociologia, Letras, Psicologia etc. Mulheres que escolhem carreiras em função da maternidade e até são relegadas para montar um microempreendimento, porque ficam cuidando dos filhos.

Um relatório publicado em novembro de 2018, — cujos resultados se baseiam na análise de 4.731 pesquisas realizadas entre mulheres e homens jovens, de quinze a vinte e cinco anos, entre março e abril de 2017, juntamente com reflexões promovidas em quarenta e sete grupos focais e quarenta e nove entrevistas em profundidade realizadas entre junho e julho de 2017, — aponta tendências regionais e oferece uma análise comparativa entre Bolívia, Colômbia, Cuba, El Salvador, Guatemala, Honduras, Nicarágua e República Dominicana, os oito países que participaram da campanha "Basta!", e mostra que eles não avançaram muito no tema. Alguns exemplos: ao serem perguntados se os homens podem ter relações sexuais com quem quiserem e as mulheres não, 82% das mulheres e 80% dos homens entre vinte e vinte e cinco anos acreditam que as pessoas pensam assim. Diante do enunciado que afirma que todas as mulheres devem ser mães, 79% das mulheres e 76% dos homens entre quinze e vinte e cinco anos disseram acreditar que as pessoas pensam que deva ser assim. Os resultados não são muito diferentes quando os participantes precisam dizer se acreditam que é melhor que o homem seja o sustento da família e que a mulher cuide dos filhos. Neste caso, a resposta é de 34% de mulheres e 56% de homens, entre quinze e dezenove anos, que acreditam que as pessoas à sua volta pensam dessa forma[9].

Chama atenção a idade das pessoas que responderam em relação ao pensamento manifestado, quando não me canso de escutar que as novas gerações já entenderam essas questões. E ainda que seja possível julgar os países nos quais se realizou o estudo como menos avançados no assunto, hoje a equidade de gênero é tema recorrente no mundo inteiro, mesmo que seja abordado de maneiras diferentes em relação à cultura que impera em cada lugar.

Por que nós, mulheres, temos que escolher? Por que não ter tudo?

Na Alabadas, quando perguntei às entrevistadas quais os dilemas que tinham enfrentado, na maioria dos casos, elas identificaram como tal a escolha entre filhos e profissão. As que puderam fazer

---

[9] Este relatório foi encomendado por Belén Sobrino, assessora sênior para assuntos de gênero da Oxfam Intermón (Oxfam, na Espanha).

as duas coisas tinham parceiros cuja situação econômica lhes permitiram contratar pessoas que os ajudassem, mas isso gerava certa desconfiança social sobre o tipo de maternidade que estavam exercendo. Esse foi o caso de Graciela Naum, ela conta que, quando viajava, muitas de suas amigas perguntavam: "E as crianças?", em clara referência a um certo descuido de sua parte em prol do desenvolvimento de seu negócio. Parece ser da cultura que a escolha entre ser mãe e ser profissional sempre chega à vida das mulheres, mas não dos homens. Mulher de caráter forte, como Ágatha Ruiz de la Prada, confessa que sempre foi ela quem cuidou dos filhos e que os sentia como sendo apenas seus. Quer dizer que, além de ocupar-se de sua empresa, ela também se ocupava totalmente deles.

Com isso, outra inquietude se apresenta, e tem a ver com até que ponto nós, mulheres, não temos certa responsabilidade pelo fato de que a maternidade muitas vezes não é compatível com o desenvolvimento profissional. E os homens...? O que falar dos homens que fecham a porta de casa para sair para o trabalho pela manhã e se esquecem de que os filhos têm uma agenda para cumprir porque há alguém que se chama "mãe" que está cobrindo esse buraco? Esse olhar tem uma contrapartida: muitas mulheres, quando se tornam mães, pensam que, se não estão em cada detalhe, o parceiro será incapaz de fazer "as coisas direito". Há algum tempo, em uma das minhas conferências, uma mulher contou que trabalhava para a Cruz Vermelha quando seu filho nasceu e, quando ele tinha seis meses, ela foi chamada para uma missão em Bangladesh. Ela decidiu ir e deixar o filho com o pai e ressaltou como foi bom dar esse espaço para que seu parceiro pudesse conectar-se com o filho e também se responsabilizar pelo cuidado da criança.

Assim como os homens não nos deixam espaço no âmbito profissional, e sobretudo nos cargos de comando, muitas vezes são as mulheres quem não dão espaço para que eles se encarreguem das tarefas da casa e do cuidado com os filhos em uma porcentagem igual a delas. E esta é uma crença profunda sobre um rol de papéis que tanto homens quanto mulheres têm de repensar. Hoje, por exemplo, há muitas organizações que têm como política a licença-paternidade estendida, e o problema que enfrentam é que os homens não utilizam esse benefício porque, evidentemente, não enxergam isso como um papel que eles também precisem cumprir. Entrevistei diversos jovens entre vinte e quatro e trinta anos, e muitos não veem o papel de cuidado dos filhos como também sendo do homem, e que, dessa maneira, a relação de casal se torna mais "casal". Outros argumentam que, por acordos intrafamiliares, quem assumiu a responsabilidade do lar foi a mulher, já que o homem tinha uma carreira promissora ou o casal teve que se mudar para outro país pelo mesmo motivo. Talvez haja muita coincidência nessas tomadas de decisões, mas custo acreditar que o dever social histórico não exerceu peso nenhum nisso tudo.

A maior área de cegueira da sociedade está no fato de que os homens não se veem como parte dos assuntos domésticos e do cuidado dos filhos e dos idosos. O mesmo acontece com as mulheres a respeito do mercado de trabalho. O padrão dos papéis é muito forte em homens e mulheres, e o mundo do sucesso no trabalho está balanceado na direção dos homens, e o doméstico, na das mulheres. Desse modo, cada um assume seu "lugar" de maneira automática, sem pensar, muitas vezes, no que verdadeiramente deseja construir.

Alabar, em espanhol, quer dizer manifestar apreço ou admiração por algo ou alguém, destacando suas qualidades ou méritos.

Alabadas implica ressaltar as mulheres que, em uma sociedade patriarcal, sem lugar para dúvidas, não receberam destaque, mas sim o contrário.

Mulheres com suas histórias; mulheres que romperam com crenças patriarcais para conquistar um lugar em um mundo sobre o qual primou e prima a voz masculina.

Mulheres e homens que lutam pela igualdade de direitos e oportunidades.

Mulheres que conseguiram uma voz potente.

Homens que apoiaram essas vozes.

4 | VER A NÓS MESMAS DE OUTRA PERSPECTIVA

Tomar consciência. Mudar o olhar. Ver algo diferente. Ampliar a perspectiva... Paulina García, atriz e diretora chilena, disse, em entrevista: "Não quero mais fazer esta mulher", referindo-se ao modo como historicamente o cinema, o teatro, a televisão, os meios de comunicação, a arte e a sociedade em seu conjunto retratam as mulheres. Submissas, domésticas, mães, violentadas, atacadas, culpadas, impossibilitadas, obrigadas, objetivadas.

O androcentrismo como única maneira de estar no mundo. Visão que as mulheres apoiaram e mais de uma vez continuamos a fazer isso, porque ainda não temos a possibilidade de ver a nós mesmas a partir de outra perspectiva.

A mulher atrás do homem.

A mulher ao lado do homem.

Atrás de um grande homem sempre há uma grande mulher.

A esposa de.

A mulher de.

Minha mulher.

Minha senhora.

Fomos ensinadas a sair rápido, a não ser o centro de nada e a nos sentirmos propriedade deles. Aprendemos que os homens nos protegem, cuidam de nós, nos lisonjeiam, nos mostram o caminho. Deixamos nosso desejo de lado, porque o único desejo importante era o do homem.

No inconsciente coletivo da sociedade patriarcal, há deveres sociais contundentes: "A mulher deve seguir o homem"; "Uma mulher que não é de um homem é de todos os homens". A mulher como propriedade indiscutível dos homens, do "macho" que leva o sustento ao lar e tem desejo sexual. A mulher que sacia todos os desejos desse homem e se encarrega de dar-lhe descendência. A mulher sem opinião, a mulher cuja única aspiração deveria ser ter um homem ao lado e que, se não consegue isso, só lhe sobra o fracasso, o ostracismo, a tristeza e a desorientação sobre o plano de vida.

A mulher existe em função do homem que a tem ao seu lado.

A mulher é a definição que o homem lhe queira dar.

A mulher é a definição que o homem e as outras mulheres que concordam com o androcentrismo outorgam a ela e a si mesmas.

Charlotte Perkins Gilman (1860-1935), intelectual norte-americana e defensora dos direitos das mulheres, escreve em *O papel de parede amarelo*[10], referindo-se ao marido: "Diz que, com a imaginação que tenho, e com meu hábito de inventar coisas, uma debilidade nervosa como a minha só poderá levar a todo tipo de fantasias transbordantes, e que eu deveria usar minha força de vontade e meu bom senso para controlar essa tendência. É o que tento fazer". Se lemos essa frase fora de contexto, sem saber quem a escreve e o texto ao qual pertence, poderia, sem nenhum inconveniente, nos parecer um comentário entre tantos que lemos todos os dias, ainda mais de um século depois que esse conto foi publicado. A única diferença é que hoje sabemos que essa expressão, como tantas outras, define o *mansplaining*, termo que designa o homem que explica a vida às mulheres a partir do androcentrismo: "Eu sei o que é melhor para você"; "Eu sei como você é, e isso não lhe faz bem"; "Eu te guio"; "Digo isso porque te amo"; "Deixe-me explicar o que é melhor para você".

---

[10] GILMAN, Charlotte Perkins. *O papel de parede amarelo*. Tradução: Flávia Yacubian. São Paulo: Balão Editorial, 2015.

Olhando em direção a um século e meio atrás, é triste notar que o mundo não mudou tanto a respeito do tema que tratamos. Por séculos, a função das mulheres foi mostrada em função do homem. Desde os tempos de Virgem Maria, Eva e Maria Madalena, somos estereotipadas com base no que podemos oferecer ao homem. A imagem da Virgem Maria, concebida pela graça divina, não tocada, não desejada, imaculada, respeitada, como a imagem da mulher a ser alcançada e digna do respeito do homem, sempre chamada de mãe, nunca de mulher. Em contraponto, Eva, a dona do pecado original e única responsável por seduzir o homem que nela confiou, culpada, indigna e condenada (por Deus, um ser masculinizado) a servir ao seu companheiro e a dar-lhe filhos, e Maria Madalena, a prostituta do povo que foi perdoada por Cristo, como simbologia de que é o homem quem perdoa ou castiga a mulher pecadora.

A ideia de que a mulher possa olhar para si mesma e escolher com liberdade o que quer ser e como se comportar ainda hoje é condenada pela sociedade. O mesmo acontece com possibilidade de a mulher se soltar diante de todos os desejos. A condenação social não vem só de parte dos homens, mas de muitas mulheres que ainda estão presas pelo patriarcado e não podem ver nada diferente. Há uma expectativa social que é crucial para definir o que deve ser um homem e o que deve ser uma mulher — os limites podem ter avançado um pouco, mas ainda não tanto.

Atualmente, as mulheres estudam, trabalham, escolhem não ser mães ou ser mães solo, não ter parceiro, não escondem sua homossexualidade ou bissexualidade, abortam; fazem fecundação *in vitro*, são presidentas, atuam na política, são ativistas, cientistas, parlamentares. Nada que no passado não fôssemos ou não tivéssemos querido ser, mas o esforço para ser ou fazer tudo isso ainda é muito maior do que aquele feito pelos homens.

Segundo o dever social, as mulheres "devem ter controle sobre tudo o que fazem e dizem", porque a sociedade ainda nos julga com muita severidade. Não é só o estereótipo que define o padrão de beleza, mas também cada ideia de mulher que emerge e é aceita e adotada pela sociedade. Quando Paulina Garcia diz: "Já não quero representar as mulheres desse jeito", ela se refere à definição ortodoxa de mulher, seja a partir do modelo da Virgem Maria, de Eva ou de Maria Madalena.

Há alguns dias, estive em uma festa na qual encontrei muita gente, alguns amigos e outros apenas conhecidos. Então, avistei uma situação: um homem rodeia uma mulher com seus braços — e ela não é sua esposa — e lhe acaricia as costas. Ela se livra daquele abraço de modo elegante e imperceptível. Está visivelmente incomodada: a pele de seu rosto mudou de cor e seus gestos se endureceram. De toda forma, não emite uma palavra e continua dançando como se nada tivesse acontecido. Esse mesmo homem elogia o vestido da minha amiga e a segura pela cintura. Ela faz um gesto similar ao da mulher anterior. E esse mesmo homem continua sua dança com a mesma atitude de sedução, mas agora com duas meninas de doze anos, que se somam ao jogo porque são completamente inocentes das implicações de tal comportamento. Além disso, ele as filma com seu celular.

Muitas coisas são ditas sobre esse homem, entre elas, que ele usa vários mecanismos para continuamente tentar seduzir as mães das amigas de sua filha. O homem é casado.

Penso no que teria acontecido se alguém tivesse apoiado a reação de alguma dessas mulheres diante desse "senhor", se alguma delas teria se animado a dizer "não me toque". Inclusive, me pergunto que efeito teria provocado se eu ou alguém mais tivéssemos questionado a atitude do homem com as meninas.

Atrevo-me a dizer que tanto as mulheres das quais ele se sentiu proprietário quanto eu teríamos sido tachadas de loucas, e que pouquíssimas mulheres e quase nenhum homem teriam nos defendido. Todos teriam se sentido incomodados.

Não nasci feminista, ainda que sempre tenha me rebelado contra a simples ideia de que as mulheres são inferiores aos homens. Desde muito jovem, escutei o julgamento implacável sobre aquelas que eram sexualmente livres. Venho de um pai que não contratava mulheres em sua empresa porque dizia que se elas não tinham dor de cabeça pela menstruação, tinham problemas com o marido ou estavam preocupadas com os filhos. Venho de uma cidade pequena, onde as mulheres solteiras tinham que ficar em casa e as casadas também. Aquela que ficasse muito tempo na rua era chamada de rueira, enquanto a mulher solteira mais velha era solteirona e a sexualmente livre era puta ou mulher de vida fácil. Venho de uma cidade em que os homens se sentiam proprietários das mulheres.

Vi mulheres voltarem correndo para casa porque o marido estava por chegar, mulheres que abriam o portão da garagem para que ele guardasse o carro só de escutar a buzina, na hora que fosse — plena luz do dia, ou de madrugada. Homens que aos sábados saíam sozinhos e iam ao cabaré e contavam isso como piada. Homens que, com uns copos a mais, seduziam e bolinavam meninas que sequer podiam defender-se porque não sabiam o que estava acontecendo.

Vejo, ainda hoje, e em uma cidade como Buenos Aires, mulheres que chegam à metade da vida e confessam abertamente sua frustração, e outras que escuto dizer: "Não trabalho porque meu marido não quer" ou "Por que você trabalha se esse dinheiro não lhe faz falta?". Escuto conversas de mulheres que precisam tomar remédio para dormir; que acreditam que a felicidade é o equilíbrio; que, em determinado horário, saem correndo de onde estão, porque logo os maridos chegam em casa, e elas não querem reclamações do tipo: "A única que você precisa fazer é ficar em casa e você não fica", o que significa "Eu trabalho e você não"; "Eu ganho dinheiro e você não". Mulheres que dedicam a vida aos filhos, mulheres com muito controle sobre si mesmas, com fúria contida, que vivem no dever ser e parafraseiam o tempo todo o que o marido lhes diz. Mulheres que ainda não podem sair da casa patriarcal porque talvez não saibam como fazer isso, ou simplesmente porque não querem fazer isso. Por outro lado, também vejo mulheres livres que desfrutam o fato de ser o que querem ser e são fortemente criticadas, sobretudo por outras mulheres. Vejo mulheres sustentando a casa. Vejo mulheres que podem enxergar-se a partir de outra perspectiva e construir o que querem. Ainda que, infelizmente, sejam minoria, porque os véus patriarcais ainda não caíram.

As construções culturais do que alguém deve ou não ser são difíceis de serem banidas. Gerar uma nova identidade a partir da desconstrução de si mesma não é nada fácil. Há muitas mulheres, e também homens, tentando isso. Mas observo uma resistência muito forte em quem ainda não vê esse quadro e sequer está disposto a tentar. É como se aceitar que as mulheres foram subjugadas ao longo da história — e continuam sendo — fosse quase um delito e significasse odiar os homens. Cada vez que leio ou escuto uma mensagem resistente a essa mudança cultural, o que sempre aparece é: a liberdade da mulher implicaria o subjugo do homem. É como se na mente de muitas pessoas não houvesse lugar para pensar na igualdade.

A ideia de uma mulher conectada com seu ser profundo é uma imagem escassa na sociedade patriarcal. Com a aniquilação do desejo vem a impossibilidade de olharmos para nós mesmas e descobrir quem somos e qual caminho queremos percorrer. O patriarcado atua como destinatário de uma caixa cujas paredes são os deveres e as crenças sociais formam a cultura. Essa caixa esteve lacrada por séculos, ainda que, de repente, por alguma fresta mínima, uma voz tênue de mulher podia ser ouvida, mas não tinha volume suficiente para romper a parede. Hoje, a caixa está aberta, mas suas paredes ainda existem. As vozes se tornaram mais fortes, mas ainda não o suficiente para que todas nós possamos nos ver a partir de outra perspectiva.

Custa-nos o "querer ser", quando toda a sociedade se encarrega de nos dizer como temos de ser se somos mulheres. Então, vemos a publicidade de um banco na qual a mulher gasta o dinheiro e o marido arranca os cabelos; a mulher continua protagonista em quase todos os reclames de limpadores domésticos; a mulher não investe dinheiro, ainda é o homem quem faz isso; mulheres seminuas vendem cerveja; homens sempre solteiros ou enganados; a mulher como a bruxa que controla o marido; a mulher mais velha como uma "linda vovozinha", nunca com sabedoria, a menos que seja para expressar seu conhecimento em uma receita culinária.

Uma mudança de olhar radical seria:

Eu, como mulher, escolho, livremente e desafiando a maneira como cresci, o caminho que desejo construir.

"Quem sou?" e "O que quero?" são as duas primeiras perguntas que toda mulher deve fazer a si mesma.

Olhar para a menina que fomos e tomar consciência dos deveres sociais que nos sustentaram durante a vida até o presente. Recordar algo da infância que determinou o que ainda hoje define o que significa ser mulher, e partir dessa lembrança para que apareçam outras que ajudem a reformular o caminho e a desconstruir os deveres herdados, opressivos em sua maioria, que não nos deixam "ser" livremente. Quer dizer, começarmos a nos ver a partir de outra perspectiva, e é isso que permite que comecemos a recuperar a conexão com o desejo que desde sempre foi mutilado em nós.

A escuta profunda é a chave das entrevistas da Alabadas.

Não estamos acostumadas a escutar, nem a sermos escutadas.

Então, em cada resposta que não é interrompida, o relato vai sendo aprofundado, até chegar à raiz.

Falar das crenças construídas não é nada fácil porque, às vezes — e até então —, sequer as "enxergamos".

A escuta profunda, sem interrupção, desvela o mistério das crenças adquiridas e chega ao "ser".

5 | ESTÃO NOS MATANDO

Ele sempre se escora no fato de que, quando criança, os amigos o discriminavam por ser filho do dono do armazém e de que os padres, quando rezavam o rosário à noite, antes de dormir, sentavam-se na cama daquele que julgavam ser "mais bonito" e o bolinavam — isso não aconteceu com ele, mas com outras crianças. "É muito difícil tirar essas imagens da cabeça", ele diz, e é possível notar uma raiva contida que descarrega na esposa[11].

Esta pode ser uma história contada por um homem violento, que ele mesmo escolhe para justificar a violência. Raiva contida. Sentir-se poderoso. Subjugar a mulher que está ao seu lado e todas as outras mulheres e aniquilar sua autoestima e vontade. A sociedade patriarcal impôs suas regras: poder dos homens sobre as mulheres. Mulheres subjugadas e com regras claras de como devem ser. Em síntese: hierarquia de gênero.

Querer que ela seja como ele julga que uma mulher deve ser. Mostrar a imagem da família perfeita para não ser julgado. Ter ao seu lado uma mulher esculpida em sua mente. Parecida com sua mãe, mas que nunca chega a ser como sua mãe. Uma mulher para a qual todos olham, porque foi ele quem levou a mais bonita, a que é e era a melhor, mas que agora só ele pode tocar. Ele quer ter a mulher que sacie todos os seus instintos, que se cale, que nunca o desafie diante dos demais, que sempre esteja de acordo com ele, que o acompanhe no que ele quiser fazer, que opine como ele ou, caso contrário, se cale, que lhe dê os filhos que ele desejar, que mantenha a casa em todos os afazeres domésticos, que não pergunte

---

[11] Escutei esta história, mas preservarei os dados. Nada, absolutamente nada, justifica a violência.

quanto dinheiro há, que trabalhe e lhe dê seu dinheiro, porque ele sabe administrá-lo como ninguém, que cozinhe enquanto ele está diante da televisão, que sirva a comida e se encarregue de deixar a roupa limpa e bem passada.

Ela, a destinatária de todas as piadas machistas; aquela que ele desvaloriza diante dos filhos, a quem ele chama de "bruxa"; a quem ele cala se não está de acordo; de quem ele ri diante dos amigos porque, em algum momento, ela opinou sobre futebol; aquela que tem a obrigação de fazer sexo quando ele quiser, sob ameaça de ele ter que buscar fora o que não tem em casa; a que ouve calada as histórias dos amigos dele com outras mulheres que não são "as esposas"; a que limpa o vômito quando ele chega bêbado depois de uma saída com os amigos; a que se incomoda quando ele a acaricia sugestivamente diante de todos, mas não diz nada; a que, em uma festa, senta-se para conversar com outras mulheres com as quais talvez não tenha nada em comum, mas é obrigada a fazê-lo porque são as mulheres dos amigos do marido; a que aceita tudo e é sempre a que está disposta a ajustar-se e renuncia a tudo por ele. Aquela que é controlada em relação ao dinheiro, às saídas, ao que publica nas redes sociais, às mensagens que manda para as amigas. Aquela que não pode ter um amigo homem, porque ele se enfurece diante da ideia de que ela possa falar com outro homem. Aquela que aceita que o marido lhe diga que todas suas amigas são umas "tontas" ou umas "putas" ou umas "mantidas". Aquela que permite que ele escolha a roupa que ela vai vestir. Aquela que se cala quando ele diz ao filho que chorar é coisa de menina e quando ele leva o menino para perder a virgindade, porque se é ele quem está fazendo isso, está tudo bem.

Aquela que viu o mesmo acontecer em sua infância e vive essas situações como se fossem normais. Aquela que diz em voz alta "eu sou machista". Aquela que julga o homem que é diferente e o chama de "mantido". Aquela que jamais se coloca ao lado das mulheres porque não consegue ver nada diferente. Aquela que aceita relegar sua vida porque é mais fácil. Aquela que não trabalha porque o marido não quer. Aquela que não tem ideia de quanto o marido ganha. Aquela que tem que dar explicações se um dia chega mais tarde do que o normal. Aquela que não faz nada se o marido agride os filhos. Aquela que crê que é amor quando ele lhe diz: "Eu sei o que é melhor para você". Aquela que permite que ele levante a voz, que lhe empurre, que lhe bata. Aquela que aprova a frase "Senhoras em público, putas na cama" como definição de uma boa esposa. Aquela que permite que ele, em nome da paixão e porque é seu marido, a obrigue a fazer sexo oral ou anal, ou ambas as coisas, ou faz tudo o que ele quer. Aquela que se comove quando ele pede perdão por tê-la tratado mal. Aquela que deixa que ele volte a tratá-la mal e novamente o perdoa e continua acreditando. Aquela que quer sair dessa situação porque finalmente caiu em si, mas não tem meios para isso. Aquela que está tão destroçada e desvalorizada emocionalmente que não pode sequer pedir ajuda e se sente culpada e envergonhada. Aquela que escuta quando suas amigas dizem: "Mas ele é o pai dos seus filhos, como você não vai perdoá-lo?". Aquela que toma remédio para dormir porque não aguenta ter o marido ao seu lado. Aquela que não o denuncia por vergonha. Aquela que justifica um hematoma com uma queda. Aquela que sofre em silêncio todos os dias e maldiz o que comprou como sendo amor romântico. Aquela que não conta seu calvário porque pensa que todos vão julgá-la. Aquela que morre de medo quando escuta a voz dele. Aquela que sintoniza seu estado de ânimo de acordo com o do marido. Aquela que não pode mais falar porque ele a assassinou.

A noção de que uma mulher não é ninguém sem um homem ao lado continua muito vigente. Gosto da definição dada por Diana Maffía na entrevista para a segunda temporada de Alabadas. Ela conta que a mulher de César vai a uma festa de mulheres, daquelas que eram feitas na Roma Antiga, nas quais muitas vezes elas faziam sexo entre si. Quando fica sabendo que sua mulher participou de uma festa dessas, apesar de as amigas defendê-la, afirmando que ela só foi para olhar o que acontecia, César disse: "A mulher de César não tem apenas que ser, ela tem que parecer". E acrescenta: "Esse é o patriarcado: a mulher tem que ser de alguém, e aquela que não é de alguém, é de todos". Segundo a *Bíblia*: "Quando um homem achar uma moça virgem, que não for desposada, ele a agarra e se deita com ela; e, se forem apanhados, o homem que se deitou com ela dará ao pai da moça cinquenta siclos de prata e ela será sua mulher"[12]. Na Argentina, apenas em 2012 foi revogada a lei ordinária que perdoava o estuprador se ele se casasse com a vítima.

Um relatório de 2018 da ONU Mulheres[13], no qual é feita uma análise exaustiva da discriminação das mulheres a partir das leis de cada país, indica que cento e onze países não criminalizam explicitamente o estupro conjugal. O mais surpreendente é que entre esses países estão Finlândia, Suécia, Suíça, Alemanha, Áustria,

---

12 Deuteronômio 22: 28-29
13 *The "Blue List". An exhaustive list of recent data on specific forms of discrimination against women in law 2018*. World Bank Group. Women, Business and the Law Database (2018). Disponível em: ‹wbl.worldbank.org›. Acesso em: jan. 2020.

Estados Unidos, Uruguai, Reino Unido, Espanha e Bélgica — este último país, a julgar pelo relatório, tem uma legislação muito discriminatória e está quase no mesmo nível que os países mais opressores. Ainda que as mulheres desses países possam apresentar uma denúncia de estupro intramatrimonial — ao contrário de alguns outros, nos quais isso não é possível —, depende muito da justiça aceitar ou não tal notificação.

A mulher na sociedade patriarcal é dos homens. O homem se vangloria das mulheres com as quais fez sexo, mas as mulheres não podem fazer o mesmo. Não é a mulher quem escolhe, ela é escolhida, e ainda quando diz que não, esse "não" é associado a um jogo de sedução e até permite-se o uso da força para que o homem consiga o que ele quer. Uma mulher violentada é uma mulher cuja vontade foi destruída. De fato, se analisarmos a história, os genocídios começam com torturas para quebrar a vontade das pessoas submetidas.

A principal crença com a qual nós, mulheres, crescemos é que somos menos do que os homens e estar com um deles ao nosso lado nos completará. Os ditos populares, como o da "metade da laranja", por exemplo, confirmam a noção de ser incompleta. Fizeram-nos acreditar que são os homens que nos resgatam da vida solitária para nos dar uma vida melhor. Crescemos com o "Com quem será, com quem será, com quem será que o fulano vai casar? Vai depender, vai depender se o ciclano vai querer". E continua: "Terezinha de Jesus deu uma queda foi ao chão / Acudiram três cavalheiros / Todos de chapéu na mão / O primeiro foi seu pai / O segundo seu irmão / O terceiro foi aquele / Que a Tereza deu a mão / Terezinha levantou-se / Levantou-se lá do chão / E sorrindo disse ao noivo / Eu te dou meu coração". Não faz muito tempo, uma amiga me confessou como seu marido fora violento com ela durante mais de vinte anos. Ela conseguiu se separar dele, enquanto estava comigo ao telefone, lhe dando forças para que fizesse uma mala e fosse embora. Ele a ameaçava, vasculhava seu celular e, sem a esposa saber, se encontrava com pessoas que pudessem dar informações sobre ela. Tudo levava a crer que ela finalmente estava disposta a começar uma vida nova, pois havia ido embora. Depois de um tempo, voltou.

Cláudia S. foi assassinada há dois anos e meio. Deixou três filhos que ficaram sob a guarda da irmã, cuja vida também não foi fácil. Além disso, teve de enfrentar uma justiça que, em vez de facilitar, dificultou cada uma das ações que deviam ser colocadas em curso. Assim como Cláudia, uma mulher morre a cada trinta horas na Argentina, vítima de feminicídio. Duzentas e cinquenta e quatro mulheres foram mortas em 2017. Duzentas e cinquenta e quatro que, se não tivessem tido sua vontade subjugada, estariam vivas. Quarenta e cinco tinham apresentado queixa, e cinco tinham conseguido ordens de restrição. Duzentas e cinquenta e quatro que podiam ter visto um sinal de alerta e não viram. Não puderam ver.

Há várias crenças que devem ser rompidas. A primeira é que, sem um homem, as mulheres não estão completas. A segunda é que nosso valor é medido pelo homem que temos ao nosso lado. A terceira é que cada mulher deste planeta não pode construir a vida que deseja, que não tem poder para fazer isso. A quarta é que, se amamos o homem que temos ao nosso lado, ainda que ele seja violento, temos que perdoá-lo. Sem nos darmos conta de que, se ele é violento uma vez, será milhares de vezes, a menos que aceite sua condição e faça terapias adequadas com psicólogos e psiquiatras.

Os sinais começam aos poucos e sempre são restritivos da liberdade da mulher. Em geral, não começam na convivência, mas a partir do momento em que a relação ganha corpo. O agressor tenta seduzir a mulher para que ela deixe de ver as amigas, para que não tenha amigos e, em prol do amor e da confiança, lhe conte tudo. Ele se mostra como alguém que salva a vida dela, e ela sempre se sentirá em dívida com ele. No momento em que ele pensa que ela não o vê como um salvador ou que está querendo "ser um pouco mais livre", ainda que o gesto de liberdade seja só uma palavra, ele começará a agredi-la e, com a agressão, dobrará sua vontade. É um jogo perverso de fortalezas física e psicológica que chega a matar.

Essas crenças vêm da ideia do amor romântico com a qual crescemos, amor no qual sempre há um homem que resgata a mulher. Também da crença religiosa da família como algo intocável, como uma estrutura que deve ser mantida seja como for. A grande dor da mulher não é o abuso, mas aceitar que foi maltratada; reconhecer o fato e dizê-lo a si mesma. Aceitar que para a outra pessoa aquele tratamento não seria admissível e ser julgada pelos demais como a abusada, a que apanhou ou a pobrezinha é a parte mais difícil que uma mulher vítima de violência atravessa quando quer, com todas as suas forças, acreditar que isso vai mudar em algum momento.

Certamente, a desvalorização começou muito antes do primeiro golpe ou do primeiro insulto. Talvez tenha começado na primeira infância, sem necessidade de apanhar, mas com gestos que faziam aquela menina notar que não valia muita coisa, simplesmente porque um adulto a fazia calar-se ou não respeitava sua opinião só pelo fato de ser menina. Um pai ou uma mãe que diz que a filha "não serve para nada", que ela "só faz bobagens" ou que "é muito pequena para opinar" sobre algo está desvalorizando-a, colocando-a em uma categoria de menor importância do que a do pai, da mãe ou de qualquer adulto que tenha contato com essa menina.

Não é fácil quando somos jovens — ou mesmo adultos — reconhecer que as pessoas que amamos, sejam nossos pais ou nosso companheiro, não nos valorizaram como esperávamos. Ainda hoje, a sociedade e a justiça não condenam a violência de gênero como deveriam. De fato, um exemplo muito próximo é o caso conhecido como "La Manada", na Espanha. Uma garota foi estuprada por cinco homens em 2016 em San Fermín, em Pamplona — a condenação deles não ultrapassou os nove anos e todos saíram em liberdade condicional[14]. O mais terrível é que entre os membros do tribunal que julgou La Manada havia uma mulher. E muito pior foi o que uma mulher com quem me encontrei em Madri falou: "É importante escutar a justiça, e se a justiça decidiu assim, há um motivo". Não há coisa alguma que justifique a violência ou o estupro.

---

[14] N. da T.: Notícia publicada no *El País*, em 21/06/2019, dá conta que: "O caso conhecido como La Manada não constituiu um mero abuso sexual, e sim um estupro coletivo. Assim concluiu por unanimidade nesta sexta-feira o Tribunal Supremo da Espanha, que elevou de nove para quinze anos a pena imposta a José Angel Prenda, Alfonso Jesús Cabezuelo, Ángel Boza, Antonio Manuel Guerrero e Jesús Escudero, os cinco amigos que atacaram uma jovem durante a festa dos Sanfermines, em Pamplona, em 2016. O tribunal, depois de uma audiência pública em que ouviu os recursos das partes de acusação e defesa contra a sentença ditada pelo Tribunal Superior de Justiça da região de Navarra (que por sua vez ratificava uma instância inferior, a Audiência de Navarra), decidiu revogar essas sentenças e qualificar os fatos como um crime contínuo de estupro. Os magistrados aplicam além disso duas agravantes que elevam a pena: trato vexatório e atuação conjunta de duas ou mais pessoas. A decisão do Supremo implica que a condenação já é firme, e que os acusados terão que ingressar na prisão nos próximos dias. Os cinco membros do grupo que ficou conhecido como La Manada foram detidos ainda nesta sexta-feira, e durante a tarde foram levados a uma penitenciária na localidade andaluza de Mairena de Alcor" [...]. Disponível em: <https://brasil.elpais.com/brasil/2019/06/21/internacional/1561109434_286735.html>. Acesso em 27 de janeiro de 2020.

Por outro lado, é interessante o que a Universidade de Arkansas mostrou em uma exposição no ano de 2017 sobre as roupas que mulheres e meninas usavam quando foram estupradas. A mostra se chamou: *What are you wearing?*, que em português significa "O que você estava vestindo?", pergunta que cansamos de ouvir quando uma mulher é violentada ou estuprada, como se a roupa fosse um signo de provocação ou implicasse que um corpo é *estuprável* ou não. Nessa exposição, é possível ver claramente que as dezoito mulheres e meninas nas quais a mostra se baseia podiam usar qualquer roupa, desde jeans e camisetas largas até vestidos compridos. A pergunta "O que você estava vestindo?" é a imagem de uma sociedade que tenta sempre culpar a vítima e minimizar a conduta do agressor como reafirmação da cultura patriarcal e como uma tentativa de manter o *status quo*.

Marina Marroquí, uma jovem com menos de trinta anos e vítima de violência de gênero, comenta:

> A grande conquista do machismo é que nós, mulheres, somos invisíveis. Nós, mulheres, que saímos de situações de abuso fazemos isso porque vão nos matar ou quando não faz nem diferença porque queremos matar a nós mesmas. Eu sou o exemplo disso, não denunciei porque quis sair sozinha dessa situação e não consegui. Fui resgatada pela minha família. Levei sozinha essas feridas que comem você por dentro, e é uma carga insuportável. Você se dá conta que isso não é viver, é só sobreviver. Durante anos, tive cinco trabalhos diferentes para chegar em casa suficientemente cansada à noite, com vontade apenas de ir dormir, mas não sem antes pensar: "Por favor, que eu tenha um derrame

cerebral e não desperte". Porque as pessoas acham que viver uma situação de abuso é o mais difícil, mas o pior mesmo é sobreviver a ela. Porque quando você está no meio do abuso, você está com uma venda, pensa que no fundo ele é uma boa pessoa, é muito difícil aceitar que a pessoa pela qual você se apaixonou é um monstro. Mas quando essa venda cai, você não é nada, só respira, mas está morta por dentro. Consegui dizer "meu abusador" dez anos depois... Ainda hoje, quando vou a uma conferência diante de mil pessoas, por exemplo, piso no primeiro degrau e penso: "O que faço aqui, vão perguntar por que trouxeram uma pessoa assim até aqui". E essas são as sequelas que o machismo deixa e das quais o abusador se aproveita.

Hoje, Marina Marroquí incentiva a denúncia e trabalha com adolescentes para que não aconteça o mesmo que aconteceu com ela.

A violência não chega só a matar fisicamente, ela também elimina o "ser", anula, destrói.

"A primeira coisa que temos que fazer
é confiar em nós mesmas."

María Noel Vaeza

6 | APRENDER A ME ESCUTAR MAIS

"Creio que tenho que aprender a escutar mais a mim mesma, para saber o que quero e o que não quero, e não chegar aos quarenta ou cinquenta anos e pensar como me enganei nas escolhas que fiz", diz Nicole López del Carril, uma moça de uns vinte e cinco anos que atualmente faz mestrado em Paris e que, com tão pouca idade, já viveu em diversas partes do mundo.

Essa foi a resposta que ela deu quando perguntei quais eram as limitações internas que achava ter que transcender. Automaticamente, tive uma agradável surpresa ao escutar essa resposta e foi inevitável pensar que vida teríamos construído, tantas mulheres da minha geração e eu, se tivéssemos tido a consciência da importância de escutar a nós mesmas. Veio à minha mente a imagem de Michelle Obama como emblema de mulher que construiu seu futuro e transcendeu seus próprios interesses para erguer a voz e trabalhar pela educação das meninas. Muitas mulheres não são capazes ou não podem fazer essa reflexão, porque se há uma coisa difícil na vida é escutar a si mesma, já que isso implica estar disposta a escutar respostas das quais podemos não gostar ou ter que mudar algo — ou tudo — em nossa vida.

Falei sobre desejo em outros capítulos, mas acredito que seja importante aprofundar o tema. Vivemos em uma sociedade que tem expectativas a nosso respeito. Desde a vivência da corporalidade e a maneira como ocupamos os espaços até o que somos capazes de fazer em nossas vidas, tal como explica Simone de Beauvoir em *O Segundo Sexo*. "Não se nasce mulher. Torna-se mulher", é a frase emblemática pela qual muitos a conhecem. Isso pode ser interpretado como tornar-se mulher é tornar-se um modelo de mulher. Ela explica a este respeito e que isso é um processo de aprendizagem no qual a mulher experimenta o que a sociedade demanda dela. Chegar a ser mulher com os deveres sociais aceitos sob a ótica de uma expectativa clara. Modelos de mulher que foram sendo criados e chegaram às gerações futuras atualizados por algum matiz da época, mas que de nenhum modo deixaram de ser moldes nos quais nos encaixar. Tornar-se mulher é uma expressão existencialista, contaminada pela visão externa do esperável. Dentro desses moldes e expectativas externas não há lugar para o próprio desejo, porque a expectativa externa que acaba transformando-se na própria expectativa muitas vezes nos impede essa conexão.

Os comportamentos patriarcais são invisíveis aos olhos da maioria das mulheres e dos homens. Frases como "O mundo é assim e não vai mudar" nos limitam em nosso poder sobre nós mesmas para nos conectarmos com o nosso próprio desejo. A ideia do homem como "o protetor" nos tira de qualquer tentativa de conexão interna profunda, porque a própria ideia de que alguém nos protege, cuida de nós, nos provê, ainda que a intenção do homem seja muito nobre, exige um agradecimento posterior, um estar em dívida, e nos coloca a pergunta, ainda que invisível: "Que direito tenho de colocar meu desejo acima do desejo do outro, se esse outro faz tantas coisas por mim e pela nossa família?". A resposta a essa pergunta nos coloca em uma escala inferior, nos tira a liberdade de saber quem somos e o que queremos de verdade.

Há uma mudança muito profunda que precisa ser feita: "Dar visibilidade ao invisível e ter força para sustentá-lo". Tanto os homens quanto nós, mulheres, crescemos pensando que teríamos papéis diferentes. Mesmo as pessoas que não foram educadas dessa forma, quando saíram para o mundo, se desiludiram e se desiludem, porque se encontram com limites que não previram. Dentro desses limites, há alguns mais visíveis e outros completamente invisíveis aos olhos de uma sociedade que, apenas recentemente, começa a ter uma certa consciência sobre o tema.

Os visíveis são qualquer estatística sobre a condução da mulher no mundo inteiro; desde as diferenças salariais pelo mesmo tipo de trabalho, até as métricas do trabalho adicional das mulheres nas tarefas domésticas e de cuidado. Isso sem mencionar os dados sobre violência de gênero. Os invisíveis são as crenças e os mandados recebidos que consideramos comportamentos naturais, como algo dado, como "a verdade" e os valores demonstrados nos pequenos detalhes diários, na construção da vida e das relações, na educação e em toda manifestação do ser humano. Natalia Ginzburg escreve:

> As mulheres têm o péssimo hábito de cair em um poço de vez em quando, de deixar-se envolver por uma terrível melancolia, afogando-se nela e agitando os braços só para se manter à tona: esse é seu verdadeiro problema... Um perigo contínuo de cair em um grande poço escuro, algo que provêm do temperamento feminino e talvez de uma tradição secular de submissão e escravidão, que não será nada fácil de vencer.

Quando pensamos em submissão e escravidão, focamos em algo visível, como mulheres sequestradas ou encarceradas. Mas ainda existem submissão e regras patriarcais que não vemos. O poço escuro e as regras impostas são os maiores impedimentos na hora de mergulhar no desejo profundo submetido às necessidades e à construção masculina do mundo. Todos os seres humanos quando crianças têm sonhos, imagens do que gostariam de ser. Isso é escolhido pelo pouco que conhecemos na vida familiar: a televisão, os filmes, os contos, as viagens, a rua, o YouTube e todas as possibilidades que a internet nos dá. Alguns têm a possibilidade de escolher entre muitíssimas opções e outros entre bem poucas. Mas sonhar com uma imagem é quase natural nas crianças. Elas sonham porque têm a mente livre do que é necessário fazer. As crianças sonham enquanto brincam, na cama antes de dormir, quando andam de bicicleta, no transporte público, ou no carro com os pais. As crianças não fazem divisões entre menina e menino se os adultos que estão ao redor não o fazem. As crianças têm a capacidade de contemplação interna, mesmo que sejam inconscientes do ato de contemplar.

"Minha professora é muito machista, porque cada vez que precisamos levar os livros para a biblioteca, ela diz: 'vejamos, um menino forte que queira levar os livros', e eu tenho força suficiente para carregar os livros e gostaria de fazer isso", minha filha de onze anos me disse há pouco tempo. Os adultos, embebidos no fardo do papel homem-mulher nesta sociedade, eliminam a possibilidade da dissolução dos papéis, aniquilando com isso a probabilidade de que uma menina, por exemplo, sinta-se forte para levar uma pilha de livros. Isso vai sendo replicado na anulação de muitas outras possibilidades e vai estereotipando as meninas no que devem ser como mulheres e os meninos no que devem ser como homens. Um detalhe desse tipo pode estragar a vocação de uma menina que queira ser engenheira ou a de um menino que queira ser artista. A simples menção da maior fortaleza física do homem tira a possibilidade de as meninas desenvolverem a força física, e como o homem é mais forte fisicamente, segundo essa avaliação, ele também se converte no protetor da mulher. É daí que nasce a expectativa externa que gera todas as limitações para poder conectar com o próprio desejo, e não sobra outra opção além de "ser" em função do que os outros esperam que sejamos.

Pelo menos nas sociedades ocidentais, os adultos perderam a capacidade de contemplação. A contemplação não é um valor nas sociedades atuais. A contemplação de si mesmo; o silêncio; o esvaziar a mente — não são práticas habituais. Quando somos crianças, ninguém nos ensina a nos autocontemplarmos. De fato, cada vez mais os pais se empenham para que os filhos tenham a agenda cheia de atividades, porque é importante prepará-los para um mundo competitivo. Se a autocontemplação não existe, não há conexão com o desejo. Só há "o que é necessário fazer". Nesta expressão, nós nos esquecemos do "o que desejo ser?" para poder simplesmente ser. Então nós, mulheres, tentamos nos converter na expectativa dos demais e nos esquecemos por completo de nós mesmas.

"Eu me esqueci de mim, me desconectei da minha verdadeira essência", disse-me uma amiga há pouco, referindo-se ao desejo de encontrar um caminho diferente para o qual direcionar sua vida. Construir um mundo paritário entre mulheres e homens implica uma responsabilidade de ambas as partes. Se é isso o que queremos, é necessário não olhar para o outro lado, mas para as profundezas de nós mesmas, desafiando o que foi construído até agora, tenhamos a idade que for. Liberdade não significa sairmos nuas nas ruas. Liberdade é construir o que queremos, tornando-nos responsável por isso, e não nos calando diante do que vai contra esse desejo. Ser mulher não é fácil, mas para não nos vitimizarmos, a única coisa que podemos fazer é tomar uma atitude, uma atitude que nasce do mais profundo de nós, consequência da autocontemplação, que não se importa com os papéis herdados, que busca um novo papel, que constrói uma nova realidade que dê sentido à autodefinição de ser mulher.

Conheci Inés Garland porque participei de uma oficina de escrita com ela.

Tempos depois, liguei para ela e lhe contei sobre Alabadas.

— Não sei se quero — ela disse. — É um tema complexo, e a conversa que vemos por aí é muito superficial.

— Vamos cuidar de você — garanti.

Ela acreditou em mim.

Nos encontramos para tomar um café na casa dela e lemos várias coisas de diferentes autores e autoras.

Uma delas foi o ensaio Mulheres e Homens, de Natália Ginzburg, escrito em dezembro de 1977, que se encontra no livro Las tareas de casa y otros ensayos, editado pela Lumen.

Inês leu parte do ensaio diante da câmera e também no lançamento da Alabadas, em 10 de maio de 2017. Aqui, transcrevo algumas passagens:

A frase "Pensam de acordo com ideias que o pensamento tradicional nega" me toca profundamente. Cresci no patriarcado: creio que estou mergulhada no patriarcado da cabeça aos pés. Compreendo que hoje é absolutamente necessário pensar com *ideias que o pensamento tradicional nega*, mas acho muito difícil. As imagens masculinas e femininas que tenho na cabeça são, eu sei, retorcidas, antigas e sombrias, mas não consigo destruí-las. A imagem viril que tenho na cabeça é a de um homem lendo o jornal sentado em uma poltrona, cansado, talvez, por ter trabalhado o dia todo, mas sentado comodamente, enquanto as mulheres lavam a louça e cuidam das crianças. Sei que é uma imagem que deve ser lançada à terra, um fruto sombrio do patriarcado; mas não me sinto capaz de extirpá-la nem de me livrar dela. Enquanto isso, minha vontade tenta pintar homens diferentes, que lavam louça e cuidam das crianças: todos devem fazer de tudo; e que, por fim, desapareça a ideia de que as tarefas de casa são humilhantes.

Acredito que as escolas deveriam ensinar as crianças, meninos e meninas, a fazer as tarefas de casa. É o costume que deve ser mudado; e já que todos compreendemos que o costume atual é delirante e odioso, me pergunto por que não começam desde já a ensinar aos meninos algumas noções essenciais para a existência; me pergunto por que isso não foi feito até hoje...

Creio que, ao longo da nossa existência, todos reverenciamos e sonhamos com alguns pais e, consequentemente, nos juntamos a essa poltrona, a esse jornal e a uma distância — de alguma forma — altiva das minúcias cotidianas. E todos esses elementos — a poltrona, o jornal e a distância — também eram atributos que, aos nossos olhos, os enchiam de prestígio. Eram, para muitos, atributos estúpidos, mas o fato é que, no lugar daquela imagem, hoje está o vazio.

Por que é impossível dar a esses homens do futuro os sinais de identidade, as fisionomias, os traços dos homens que hoje vivem e ontem viveram, e que admiramos, reverenciamos e amamos? Por que, quando tentamos traçar a força viril, a coragem viril, e projetar uma imagem disso que seja destinada ao futuro, imediatamente bestas horrendas surgem diante de nós? Por que já não somos capazes de imaginar os homens como bestas horrendas ou como sombras? E o que será das novas mulheres, obrigadas a viver com bestas horrendas ou com espectros? Que vida levarão e como usarão sua liberdade em companhia tão pobre?

7 | DE QUEM É A TAREFA DE IMAGINAR ESSES HOMENS?

Em uma oficina que ministrei em uma importante empresa da indústria petrolífera, uma participante contou:

> Quando eu era criança, o modelo que tinha em casa era que quem trabalhava e ganhava dinheiro era meu pai (o homem), e tínhamos uma vida extraordinária. Um dia, meu pai ficou desempregado e também perdeu a vontade de viver. Durante os anos em que esteve fora do mercado de trabalho, a única coisa que ele fazia era levantar de manhã, ler o jornal e sair para caminhar um pouco. Nunca lhe ocorreu, por exemplo, fazer alguma tarefa da casa. Minha mãe teve que começar a trabalhar e ganhou dinheiro, até mesmo mais do que meu pai, quando ele voltou a trabalhar. Meu pai nunca conseguiu superar essa situação.

O homem, na sociedade patriarcal, tem o papel de prover e ser bem-sucedido. Tendo que cumprir esse dever, é completamente lógico que ele não ceda espaços de poder para as mulheres. Como Natalia Ginzburg já dizia: "A imagem viril e uma certa distância das minúcias cotidianas" fazem dele alguém cujo mundo passa pela aparência. Dono da construção do mundo, é o homem (gênero masculino) que estabelece quais são os parâmetros do correto ou do incorreto pelos quais a vida deve transitar. São os homens que determinaram e/ou determinam quem ocupa qual posto. Inclusive, são esses mesmos homens que criticam outro que tem um olhar diferente sobre o assunto.

Os homens querem acreditar que nós, mulheres, não podemos fazer as mesmas coisas que eles, e que uma de suas funções é nos proteger e também nos salvar.

A frase tantas vezes repetida — "isso é coisa de mulher" — estabelece uma clara diferença entre eles e o resto da humanidade: as mulheres.

Ainda que isso possa parecer óbvio e trivial, na verdade, não é. "O distanciamento altivo das minúcias cotidianas" faz referência à maior área de cegueira dos homens de hoje, que é a da responsabilidade sobre as tarefas e a organização doméstica, assim como o cuidado, a educação e a organização de filhos e filhas. Este é um espaço que eles não veem como próprio, como parte de sua responsabilidade. Mas não foi sempre assim, como escreve Harari em *Sapiens: uma breve história da humanidade*:

> Os chamados caçadores-coletores viviam em comunidades em que não havia propriedade privada, relações monogâmicas ou mesmo paternidade. Em um bando como esse, uma mulher podia ter relações sexuais e formar laços íntimos com vários homens (e mulheres) ao mesmo tempo, e todos os adultos do bando cooperavam para cuidar das crianças. Os homens mostravam igual preocupação por todas as crianças, uma vez que nenhum sabia ao certo quais eram definitivamente filhos seus. [...] Esta estrutura social é bem documentada entre animais, notadamente entre nossos parentes mais próximos, os chimpanzés e os bonobos. Há, inclusive, uma série de culturas humanas nos dias de hoje em que se pratica a paternidade coletiva, como, por exemplo, entre os índios barés. [...] Antes das pesquisas e do desenvolvimento dos estudos embriológicos modernos, as pessoas não tinham provas concretas de que os bebês invariavelmente eram concebidos por um único pai, e não por vários.

A partir da história da humanidade, depreende-se que, na Antiguidade, as mulheres e os homens viviam em igualdade. Em determinados locais e épocas, as mulheres chegaram até a ter mais poder do que os homens. Talvez pela ânsia de poder do próprio homem e pela desculpa da crença religiosa, os homens tomaram o poder econômico e o político, e as sociedades se converteram em um patriarcado agudo e retumbante. O caso é que chegamos a esse ponto e, hoje, estamos em um círculo vicioso no qual os homens não assumem responsabilidade pelos assuntos domésticos e pelos filhos porque têm, entre outros, o dever de prover. Nós, mulheres, não cedemos espaço no âmbito doméstico e no cuidado dos filhos, porque também recebemos o dever social de que as tarefas realizadas do lado de dentro da porta da casa são de responsabilidade feminina. Sem contar que, quando decidimos ser mães, muitas vezes, abandonamos o trabalho ou fazemos alguma coisa para adaptar o tempo ao cuidado dos filhos. Os homens, que são os que têm poder no mundo do trabalho, não cedem espaço para as mulheres porque é provável que essas mulheres fiquem grávidas, tornem-se mães e sua produtividade não seja a mesma; mas também porque o dever do sucesso e de ser provedor é deles. Então, cada um define seu lugar, e ninguém se mexe dali.

É o próprio dever social, transformado em crença profunda, que limita tanto mulheres quanto homens, impedindo-nos de ocupar todos os postos. E há mais... Como o homem tem que ser homem, macho, masculino, tudo o que possa relacioná-lo ao feminino reveste-o de insegurança e o expõe aos julgamentos sociais. Portanto, qualquer manifestação de uma associação com o feminino, como a realização de tarefas domésticas, o cuidado dos filhos, ou qualquer coisa que se relacione às funções que a sociedade definiu como femininas, ameaça sua masculinidade. O jornal e a poltrona o localizam e o definem como homem-macho que trabalha, chega cansado e tem uma mulher que atende às suas necessidades e lhe serve a comida. Temos que lembrar que, para nossos avós, há menos de trinta ou quarenta anos, era muito malvisto fazer manifestações de carinho, inclusive, em muitas famílias, o patriarca era chamado de "senhor" como sinal de respeito à sua autoridade. A dureza era sinônimo de masculinidade na sociedade, e hoje, ainda que essas barreiras tenham diminuído, o homem continua sem conseguir enxergar-se como parte das tarefas que são atribuídas ao qualificativo feminino.

O ser humano tende a atuar em seu cotidiano de forma automática. Talvez sejam poucas as pessoas que, a cada manhã, ao se levantarem, se perguntam de que modo querem viver seu dia. Em geral, temos uma relação péssima com essa pergunta, especialmente quando a pergunta desafia a nós mesmos. Todos, por diferentes motivos e vivências, já tivemos grandes saltos de consciência. Isso é a evolução. Mas esses saltos não ocorrem quando não sabemos que não sabemos. Isso significa que se eu nunca percebi que homens e mulheres estavam em situação desigual na vida e que a construção das relações era de uma determinada forma porque sempre foi assim e tudo o que me rodeou me mostrou essa construção, qualquer outra forma ou construção possível não teria entrado em um rol de possibilidades, como tampouco a noção de desigualdade. Não pode existir desigualdade alguma quando é considerado natural que as mulheres estão nesta vida para cumprir um papel e o homem para cumprir o seu, ou seja, um papel diferente. Na atualidade, se alguém não se dá conta dessa desigualdade é porque não quer vê-la, pois o assunto salta à vista. Mas o que ainda não vemos como sociedade são as sutilezas do tema, que continuam sendo naturalizadas e tornadas invisíveis.

Um exemplo claro disso é visto com a gravidez de uma mulher que trabalha em uma empresa ou organização. Uma grávida que segundo a lei na Argentina[15] terá, no mínimo, três meses de licença depois que nascer o filho ou a filha, deixa de ser produtiva durante todo esse tempo. Inclusive, a empresa corre o risco de que, dada a cultura atual, a mulher não volte ao seu posto de trabalho, e o custo da substituição é enorme. Aqui aparecem questões claras que devem ser analisadas: a primeira é o conceito de "produtividade". Quem define o que é produtividade? Novamente, a resposta é que o conceito vem das teorias econômicas definidas pelos grandes mestres da economia, os criadores da Segunda Revolução Industrial, ancorados em seus deveres sociais de produzir mais em menor tempo para conseguir economias de escala que permitam ganhar mais dinheiro. Talvez seja uma simplificação extrema, mas a lógica é mais ou menos assim e serve para explicar o círculo vicioso. Quando as mulheres entram no mundo do trabalho sob essa definição de produtividade, o perigo é a gravidez, o parto e os filhos, porque se supõe que uma mulher que viva sob essas circunstâncias é menos produtiva, já que sua atenção está dividida. Para produzir mais em menos tempo, os homens precisam estar dedicados ao trabalho. Maior produção, mais vendas; menos custos quando se

---

15   N. da T.: No Brasil, a licença-maternidade é de 120 dias.

produz em escala, mais tempo para continuar produzindo, mais dinheiro para aliviar a consciência por prover o sustento da família. Nós, mulheres, se temos uma boa gravidez, podemos trabalhar quase até o último dia, e até mesmo ir do trabalho para o hospital, mas depois ficaremos, no mínimo três meses (na Argentina, no caso) sem produzir. Isso não acontece em países como os Estados Unidos, por exemplo, no qual as mulheres têm pouquíssimos dias de licença-maternidade. Mas mesmo nesses países, a proporção de mulheres em cargos de liderança não cresce. Poderíamos pensar que equilibrando a licença-maternidade e a licença-paternidade, como nos países nórdicos, a lacuna poderia começar a diminuir. Esse movimento é fundamental, porque daria uma mensagem de total igualdade. Mas há algo mais que é necessário ser feito para que a igualdade seja total.

Uma das questões sobre as quais os CEOs falam quando o assunto é a licença-paternidade igual à licença-maternidade, é que os homens, em geral, não aceitam esse benefício ou o aceitam por menos tempo do que muitas empresas propõem. Eles não tem interesse em ficar ao lado dos filhos recém-nascidos? Não se interessam em cuidar dos filhos mais velhos e compartilhar o tempo com eles enquanto a mãe cuida do(a) recém-nascido(a)?

Talvez se, além da licença-paternidade igual à da mulher, esse período de afastamento fosse obrigatório, o homem se tornaria mais propenso a entender o que acontece com uma mulher após o parto, seja ela mãe de primeira viagem ou não. Talvez esse homem começaria a se colocar no lugar dessa mulher e, provavelmente, aprenderia a gostar de trocar fraldas, de fazer o bebê dormir, de ir ao supermercado, de colocar as roupas na lavadora, de fazer comida. Três meses praticando o que as mulheres fazem diariamente e que, como consequência, faz com que trabalhem em média 30% mais do que eles em tarefas não remuneradas levaria os homens a repensar o conceito de produtividade. Se o significado de produtividade não for repensado, considerando o ser humano em sua integralidade, jamais haverá igualdade de gênero no mundo.

Entender que "o feminino" e "o masculino" estão em todos e que a definição de papéis por essa condição sexual foi funcional em um mundo que já não deveria existir é, talvez, o primeiro passo para análise de qualquer organização de qualquer ser humano. Revisar a definição de produtividade seria um grande passo da humanidade para gerar líderes conscientes, integrais e com pensamento sistêmico que tenham em conta os demais e a si mesmos como seres ocupados com a totalidade de sua vida. Uma noção de produtividade na qual o papel a cumprir se desprenda do talento individual desenvolvido a partir das liberdades individuais, sem papéis e preconceitos de como deve funcionar a humanidade. Para que tudo isso ocorra, também seria necessário desafiar uma crença fundamental que reafirma esse *modus operandi* e pode ser resumido nesta frase: "O dinheiro é propriedade dos homens" e é possuído pelos mais poderosos, mais másculos e mais masculinos. O dinheiro marca o território e reafirma a posição do homem como provedor e de uma mulher em dívida permanente. Desse ponto de vista, é impossível criar os filhos e ganhar dinheiro, duas atividades que requerem foco e tempo.

A pergunta que vale um milhão é como integrar ambos os mundos sem morrer tentando. Tanto os homens quanto as mulheres necessitam fazer essa ponte com o outro para entender o que acontece e como fugir dos deveres sociais herdados. Um ser integral é o que se enxerga a partir de todos os aspectos da vida e pensa em como equilibrá-los. Hoje, não vivemos em um equilíbrio que olhe a pessoa de maneira integral. Se os homens solicitassem mais tempo de licença-paternidade, se fossem os homens que pedissem políticas internas de licença no trabalho para levar os filhos ao pediatra ou para faltarem um dia porque o filho está doente, o conceito de produtividade mudaria sozinho e não haveria discriminação nem salários menores por tarefas iguais. Inclusive, se eles se sentissem responsáveis pelo cuidado dos filhos, procurariam a forma econômica necessária para garantir o benefício de berçários e creches dentro das empresas. Se os homens não fazem esse movimento convencidos de que a responsabilidade pelo trabalho doméstico, pelo apoio emocional, pelo cuidado dos filhos e dos adultos mais idosos também é deles, as mulheres não podem sair para ocupar os espaços de liderança e se desenvolverem integralmente.

Na atualidade, muitas empresas e organizações têm políticas de licença com o mesmo tempo para homens e mulheres, por exemplo. Mas o problema, muitas vezes, reside no entorno ou no próprio chefe que não vê com bons olhos que um homem falte um dia para levar o filho ao pediatra ou que fique cuidando da criança com febre em casa. Há um julgamento subjacente que indica que esse trabalho e essa responsabilidade são da mulher. Talvez muitos homens gostassem de fazer isso, mas não fazem porque o chefe não pensa do mesmo modo e isso iria contra o desenvolvimento de sua carreira. Um chefe que pense assim, também tem o mesmo pensamento com as mulheres. Se uma mulher é mãe, esse chefe pensará que ela não pode crescer na empresa porque seu foco está dividido. Os julgamentos subjacentes de papéis preestabelecidos são uma grande limitação nesse assunto.

O movimento para construir uma sociedade com paridade de gênero é conjunto. Não é uma briga só das mulheres. É um problema sistêmico que afeta homens e mulheres em todas as áreas de suas vidas. Então, para que o sistema se modifique, é necessário repensar, entre outras coisas, o conceito de produtividade e os deveres sociais de cada papel. Os homens deveriam começar a ter um papel mais protagonista nas tarefas denominadas domésticas, e as mulheres no âmbito público. Os homens deveriam perder o medo do que se chama de feminino e praticar mais a empatia e o apoio emocional no lar. Cada um deveria afastar-se um pouco para deixar espaço para que o outro cresça no que ainda não vê como sua responsabilidade.

A mulher deveria perder o medo de ser dona do dinheiro, de querer ganhá-lo, de negociar o que lhe corresponde e de reclamar os mesmos direitos que os homens, valorizando o que contribui como profissional sem sentir que está em dívida porque é mãe e porque enquanto trabalha também ocupa esse papel, ainda que não esteja com os filhos naquele momento; e o homem deveria fazer o mesmo e não se esquecer dos filhos quando fecha a porta de casa pela manhã para ir ao trabalho. Essa será a única maneira de validar uns aos outros sem distinção de gênero.

"O modelo de beleza imposto pela sociedade é o modelo de beleza da frustração constante."

Luciana Peker

8 | MAS VOCÊ TEM MARIDO?
MAS FAZ SEXO?
MAS É MAGRA?

A sociedade sempre impõe um modo de ser mulher. No livro *Sejamos todos feministas*, Chimamanda Ngozi Adichie, a autora, conta que, em uma apresentação de seu romance *Hibisco Roxo*, no qual, entre outras coisas, o protagonista bate na mulher, um jornalista nigeriano (a apresentação era na Nigéria), amável e bem-intencionado, se aproximou dela e lhe disse que queria dar um conselho.

> Ele comentou que as pessoas estavam dizendo que meu livro era feminista. Seu conselho — disse, balançando a cabeça com ar consternado — era que eu nunca, nunca me intitulasse feminista, já que as feministas são mulheres infelizes que não conseguem encontrar um marido. Então, decidi me definir como "feminista feliz".

No relato mencionado, há várias crenças sociais que dão conta das expectativas sociais que é necessário cumprir para ser (ou não ser) uma mulher. A primeira é que estar ao lado das mulheres é errado. Ser feminista é quase uma blasfêmia. A segunda é que é ruim não conseguir marido, com todo o significado de "conseguir" ou "encontrar", porque, para isso, é necessário procurar. Por tudo isso, poderíamos dizer que o julgamento encoberto na mente desse senhor (o jornalista nigeriano) e da maioria dos senhores é que as mulheres procuram marido, e que uma mulher que não tem um homem não pode ser feliz. A terceira crença encoberta é que "os homens sabem o que é melhor para as mulheres" (por isso, o jornalista acredita que deve aconselhar a autora). Vale a pena dizer que o *mansplaining* não pede permissão para aconselhar porque acredita que tem o poder e a verdade.

Uma mulher que não tem marido, segundo o patriarcado, é de todos os homens, é julgada por outras mulheres como um perigo porque pode chegar a roubar seu homem. Uma mulher que não tem marido é, no mínimo, solteirona e amargurada, porque nunca foi resgatada pelo salvador. Uma mulher que não tem marido é uma grande frustração para a sociedade, porque é suspeita, porque algo não saiu bem, porque talvez não seja de todo normal. Simone de Beauvoir fala da experiência da corporalidade e como, desde crianças, nos ensinam que os meninos e as meninas ocupam os espaços de maneira diferente. "Sente-se como uma mocinha" é sentar-se com as pernas fechadas ou cruzadas, com as costas eretas. Sentar-se com as pernas abertas corresponde à corporalidade masculina e ao espaço que o homem ocupa *versus* a mulher. A maneira como experimentamos a corporalidade não pode ser separada da sexualidade e da experimentação do prazer sexual. O "Sente-se como uma mocinha" ou o "Comporte-se como uma mocinha" limita a experiência da corporalidade porque inibe a possibilidade de uma relação livre e de gozo sobre o próprio corpo e sua aceitação. O dever social implica um modelo externo ao qual devemos prender nosso corpo e a experiência do mesmo. Esse dever restringe o corpo da mulher a uma postura que ocupa pouco espaço e denota um comportamento adequado à ideia social do que significa ser mulher, que tira a possibilidade de aceitar o corpo, experimentá-lo e gostar dele.

Neste contexto, falar de masturbação, por exemplo, é só para os homens. Nós, mulheres, não temos, ainda que seja no dever social profundo, a possibilidade de falar de masturbação. Dizer que um adolescente homem se masturba é quase uma obviedade, mas dizer o mesmo de uma garota é, no mínimo, pouco decoroso. A cultura construída sobre o masculino não deixa de lado o prazer sexual, um prazer também forjado sobre o masculino e o modo dos homens. Há pouco, vi um documentário de duas diretoras dinamarquesas que mostra mulheres de idades diferentes que falam sobre suas inibições sexuais e como elas experimentaram e experimentam o prazer sexual. Claramente, o que se observa é que as mulheres lésbicas podem experimentar mais sobre o próprio corpo, ao contrário das heterossexuais que, em geral, se submetem de algum modo ao prazer do homem. Não é de espantar que as lésbicas conheçam melhor seu corpo e como experimentar o prazer já que elas tiveram que romper um primeiro tabu ao aceitar uma identidade de gênero diferente da imposta por seu entorno. Ter se aceitado em sua própria identidade já rompe um limite, e isso automaticamente as faz mais livres. Por outro lado, culturalmente, a mulher já adquiriu habilidades de cuidado e de se mostrar mais empática. Portanto, duas mulheres que façam amor, seguramente, terão mais cuidado uma com a outra do que se a relação fosse heterossexual.

O documentário mostra também uma maior inibição das heterossexuais no conhecimento do próprio corpo e o medo ou o pudor de se mostrarem nuas. Um relato que me chamou especialmente a atenção é aquele no qual uma das entrevistadas conta que ela e seu namorado alemão compartilharam um fim de semana com uma amiga dele. Ela diz que o namorado e a amiga, que era especialmente bonita, se divertiam muito juntos. Um dia estavam sentados em uma espreguiçadeira e o namorado e a amiga alemã começaram a se acariciar. Para evitar que ele fizesse sexo com a amiga, ela também acariciou a moça e acabou tendo uma relação com ela na frente do namorado. Isso é muito significativo da sociedade patriarcal: o desejo da mulher é substituído pelo do homem ou por causa do homem.

Vimos claramente na história do cinema como os homens gozam em uma relação sexual e não levam em conta o que acontece com a mulher. Já cansamos de ver filmes em que o homem tinha relações sexuais com a mulher e, quando terminava, apertava um botão e ela era ejetada, porque não tinha conseguido fazer com que ele alcançasse o êxtase máximo como uma ideia de encontrar a mulher perfeita. Há algo mais desigual para mostrar do que uma cena como essa? Quantos homens param para acariciar o corpo da mulher para que ela vá experimentando qual sensação é mais prazerosa sobre seu corpo e quais as zonas erógenas? A invisibilidade da mulher também acontece no campo sexual: não importa se uma mulher goza sexualmente ou não, só importa que quem goze seja o homem. O homem, justificado, no poder da ereção parece incapaz de parar para dar prazer verdadeiro para sua companheira, uma prática que requer calma e empatia e interesse por ela. Uma crença que existiu por anos foi a de que só o homem gozava. Foi tão profunda que deixou uma marca que, de certa forma, ainda segue presente.

Analisemos agora a pergunta: "Mas... você faz sexo?". O primeiro que diremos é que é mentirosa, porque se a mulher não faz sexo é frígida, ou pelo menos suspeita, e se faz muito sexo é uma puta e se tem sexo mais ou menos é uma "malcomida". Se fala de sexo, a mulher é uma louca, se não fala é reprimida, e se sempre tem vontade de fazer sexo é uma doente. Tantas denominações que determinam a forma de ser da mulher em relação ao sexo, todas patriarcais definidas por e para o macho. Sem falar no que acontece se a mulher confessa abertamente que prefere outras mulheres para fazer sexo ou que, dependendo de como se apresente a situação, pode ficar com um homem ou com uma mulher. Portanto, a pergunta: "Mas... você faz sexo?" nunca aceitará uma resposta verdadeira, nem será escutada com curiosidade sem julgamento. A conclusão, então, é que é uma pergunta com a qual sempre se vai obter uma resposta com julgamento negativo sobre a mulher, porque é feita com uma perspectiva do que se "deve ser" por parte de quem pergunta.

As alusões sexuais são moeda corrente quando homens e algumas mulheres agridem a uma mulher, e isso pode ser observado nas redes sociais o tempo todo. Frases literais como "Malcomida", "A única coisa que vai cair são as tetas", "Todas as feministas são lésbicas", "Não te resta outra alternativa além de ser lésbica porque ninguém olha para você", e mil outras mais, são algumas às quais estamos expostas quando escrevemos colunas nos jornais, utilizamos o Twitter, o Facebook ou o Instagram. Uma reação permanente a uma ameaça inexistente. A agressão pela própria agressão que alude ao sexual como potência e poder masculino, como emblema e estandarte (do patriarcado) de que são eles quem escolhem a mulher que levam para a cama.

O prazer sexual ainda segue sendo propriedade dos homens, e a mulher continua sendo julgada se goza do sexo livremente, tanto dentro quanto fora do quarto.

O prazer sexual e a relação com o próprio corpo andam de mãos dadas. Para ficar completamente nua, uma mulher precisa poder gostar de seu corpo, coisa bastante difícil nesta sociedade que pretende ter um modelo de mulher extremamente magra, jovem, branca, loira, sem rugas, sem celulite e com cabelo comprido. A ideia da mulher como objeto sexual está presente na cena cotidiana. A sedução sexual nas publicidades que não vendem sexo, mas cerveja, por exemplo, são muito comuns. Há pouco tempo, vi a publicidade de uma loja de carros usados que mostrava uma foto de uma mulher linda, com um corpo de acordo com os padrões do mercado, de tanga, apoiada em um carro. A publicidade dizia algo como: "Ser o segundo tem seus benefícios". Comparava-se a aquisição de um carro com a aquisição de uma mulher; as duas coisas eram colocadas na mesma balança. A mulher como objeto de uso, de posse e símbolo de poder, de "olhem o que posso conseguir".

O discurso sobre o sexo e o prazer sexual é um produto masculino e mais um dos aspectos da segurança "varonil" e da comprovação de sua virilidade, sem se dar conta de que os homens que continuam repetindo esse discurso estão presos por esse dever social. Quem não viu a cena em que Meg Ryan simula ter um orgasmo no meio de uma lanchonete diante de seu amigo Harry, protagonizado por Billy Cristal, no filme *Harry e Sally — feitos um para o outro*? Quantas de nós nos sentimos identificadas com essa situação? Se há uma mulher sexualmente ativa que não fingiu um orgasmo ainda que seja uma vez em sua vida, que jogue a primeira pedra. Fomos ensinadas que o homem precisa sentir-se homem, e o papel da mulher é fazer com que ele se sinta assim. Sob essa crença, o sexo e a capacidade do homem de fazer uma mulher gozar sexualmente são demonstrações de masculinidade, ainda que eles sequer tenham parado por um segundo para se interessarem em saber como as mulheres gozam. Colocar o homem no centro da cena de uma relação sexual — foi o que aprendemos, por isso, fazê-los sentir-se bem é parte do argumento. Talvez muitas de nós tenhamos feito isso para evitar questionamentos e perguntas. Outras, talvez, para dar por encerrado um momento que parecia uma tortura e, por que não, pelo mesmo dever social de agradar e de fazer com que continuem gostando de nós, já que manifestar desagrado implicaria que o homem que escolhemos ou que deixamos que nos escolhesse pudesse fugir correndo para os braços de outra mulher que — essa sim — pudesse realmente aproveitar sua virilidade. Expressar insatisfação sexual é expor o homem a uma vulnerabilidade com a qual ele nunca se conectou, porque cresceu pensando que seu membro seria a arma mais poderosa do domínio territorial. Além disso, muitas de nós, mulheres que fomos criadas na religião católica ou na cultura judaico-cristã, crescemos pensando que o gozo sexual não é uma parte importante das nossas vidas. Daí que custa nos conectarmos com o prazer que o corpo proporciona e com como gozar do prazer sexual com outro, colocando-nos em igualdade de condições.

Em relação ao terceiro "motivo" da pergunta: "Mas você tem marido, mas faz sexo, mas é magra?", devemos dizer, antes de mais nada, que foi criada toda uma indústria ao redor da magreza. Umberto Eco, no livro *História da beleza*, acaba escrevendo que se um explorador do futuro chegasse com a intenção de obter parâmetros da beleza do século XX, não poderia diferenciar o ideal estético difundido pelos meios de comunicação desse século em diante. E diz: "Deverá se render à orgia da tolerância, ao sincretismo total, ao absoluto e irrefreável politeísmo da beleza". A oitava edição é de 2007, e Umberto Eco faleceu em 2016. Provavelmente, se hoje ele se sentasse diante do computador como um explorador do futuro, veria alguns parâmetros de beleza que se propagaram com a chegada das redes sociais, e que não só vem do mundo da moda, mas que são reafirmados pelas pessoas comuns que aspiram a um padrão de beleza inalcançável.

Há pouco, uma garota de uns vinte e poucos anos, que havia iniciado uma promissora carreira como modelo de grandes marcas na Europa, decidiu abandonar tudo depois de um ano desfilando nas passarelas do mundo para Dior e Chanel, entre outras. Um metro e oitenta, cinquenta e cinco quilos, e ainda precisava emagrecer um pouco mais. Esse é o modelo de mulher ao qual estamos expostas e admiramos e seguimos como exponentes máximos do feminino. A aspiração, o lugar ao qual temos que chegar. Um ser que fica relegado ao corpo, um corpo castigado pela subalimentação, e um espírito que só se satisfaz temporalmente com a última bolsa ou com os sapatos de alguma marca que gere identidade. Um espelho que devolve um corpo no qual sempre vamos encontrar alguma imperfeição, diante do olhar frustrante de um padrão impossível de alcançar.

Conheço meninas que não têm permissão para comer doces, biscoitos, muito menos um bolo recheado. Adolescentes que falam o tempo todo do corpo e de dieta, porque foi o que aprenderam com suas mães e até mesmo com os pais. Meninas que não comem, porém têm vergonha em dizer isso, mas que só de olhar para elas é possível perceber, parecem esqueléticas, com rostos tristes. Não podem desfrutar do prazer de estar com suas amigas, porque essas amigas que não escolheram estar no padrão da magreza máxima as incentivam a comer, e elas não querem que as outras saibam que elas não comem, ainda que não seja necessário ver sua relação com a comida, basta olhar seus braços ou pernas. "Um modelo de beleza de frustração constante", diz Luciana Peker.

Um modelo imposto de mulher eternamente jovem que, muitas vezes, compramos sem perceber a imposição de tal modelo. Mulheres com mais de cinquenta anos com cirurgias estéticas faciais que chegam à deformação. Mulheres que perdem a expressão natural do rosto por se submeterem a tratamentos excessivos com toxina botulínica ou preenchimentos com ácido hialurônico. É até difícil calcular a idade delas a não ser pela aparência da passagem do tempo nas mãos.

Ficar parado na praia e ver passar mulheres já mais velhas, nas quais se nota que pegaram a onda estética dos últimos trinta anos, porque apresentam seios de silicone, rostos sem rugas, mas pernas e braços com pele enrugada e um pouco de flacidez que não são dissimuláveis. Um corpo dissonante com o tempo, um tempo de vida no qual seria possível brilhar com um corpo sábio, e não com um corpo que, embora na juventude tenha alcançado os padrões de beleza propostos pelo mercado, não poderá evitar o envelhecimento natural. Novamente, longe de ser uma crítica, tudo o que enumero é a mostra de um patriarcado que marca a maneira com a qual temos que ver as mulheres, um modelo imposto que muitas escolherão conscientemente, ainda que sabendo ser um padrão externo, e outras sucumbirão como uma obrigação.

Toda pessoa que nasceu sob o sexo feminino, a menos que se submeta a uma mudança de sexo e/ou tratamentos hormonais, estará exposta à menstruação, da puberdade até a menopausa, entre os quarenta e oito e os cinquenta e dois anos, aproximadamente.

"A menopausa deixa você feia para que o homem vá em busca de uma beleza com a qual ele possa continuar procriando", alguém me disse há algum tempo, como demonstração de que a natureza se encarrega da preservação da espécie. Por acaso, uma mulher na menopausa perde sua capacidade de sedução? Uma mulher que esteja no entardecer da vida não pode continuar seduzindo quando seus encantos deveriam ser incrementados pela experiência de vida? Parece que não na nossa sociedade. As sociedades ocidentais degradam a vida adulta e muito mais ainda a velhice, sobretudo para as mulheres.

De fato, o Viagra foi inventado para que os homens pudessem estender sua potência sexual sem limite de idade, e não houve um invento igual para as mulheres, como uma demonstração a mais de que, quando deixamos de ser um possível recipiente reprodutivo ou objeto sexual, perdemos valor.

A vida adulta e a velhice das mulheres nas sociedades patriarcais são degradadas quando deveria ser o contrário. Uma mulher na idade adulta tem muito mais ferramentas para se posicionar diante das questões da vida; pode, até mesmo, conectar-se com a beleza interna que talvez tenha ficado exilada na juventude porque o foco era o corpo, um corpo que, de todas as maneiras, envelheceu e continuará envelhecendo porque não há coisa alguma que detenha a passagem do tempo. Cada uma de nós, mulheres, somos as únicas capazes de olhar para nós mesmas com compaixão e com autoridade para destacar todo o potencial adquirido. Tomar como exemplo essa mulher que envelheceu com orgulho, para quem cada ruga é um sulco do que viveu e que, com a passagem do tempo, também foram sumindo os limites do que era politicamente correto ou não, e hoje diz e faz o que pensa, sem prestar contas a ninguém, só para si mesma.

Aquela que veste o que gosta, e a quem julgamos como uma velha moderninha. Aquela que chora, grita, ri e desfruta o que os demais julgam como sendo uma "frontalização da personalidade". Aquela que valoriza as amigas e que não se apega às doenças da idade e enfrenta cada enfermidade com um "você não vai ganhar de mim". Aquela com espírito livre que apoia em suas netas o que nunca teria feito na juventude, mas que, ao longo da vida, entendeu o que é a liberdade e até deixou o cabelo grisalho, porque a cor do cabelo não determina o espírito: Essa mulher que não se resigna a não ter projetos, porque compreendeu que uma vida sem projetos não é uma vida.

"Não conheço nenhuma mulher virgem, mãe, casada, solteira, dona de casa, garçonete ou cientista para quem o corpo não seja um problema fundamental: seu significado confuso, sua fertilidade, seus desejos, sua chamada frigidez, seus sangramentos, suas violências e suas orações. Hoje, pela primeira vez, existe a possibilidade de trocar nossa materialidade por conhecimento e poder. [...] Para viver uma vida plenamente humana, devemos ter não só o controle do nosso corpo (ainda que tal controle seja fundamental), mas também devemos alcançar a unidade e a ressonância do nosso físico, nossa conexão com a ordem natural, o território corpóreo da nossa inteligência."

Adrienne Rich

9 | OS EXEMPLOS QUE DAMOS COMO MÃES

O tempo é a questão central da maternidade. O tempo biológico para ser mãe, o tempo em que a mulher passa com os filhos, o tempo da carreira *versus* a maternidade. Parece que ser mulher também é uma corrida contra o tempo. E o que é o tempo senão uma sensação subjetiva pela qual perpassam os deveres sociais do que há ou do que deve ser feito? O tempo é um inimigo da circunstância da mulher ou pode ser um aliado para viver sem reservas a vida que nos dê na telha?

"Eu sabia que você era feliz com o que fazia, com seu trabalho, e nunca senti que você tenha falhado comigo", diz o filho mais velho para Graciela Naum, quando uma jornalista lhe deixa algumas perguntas para uma entrevista que faria com ele posteriormente, e que tinha como tema a pergunta central se os filhos tinham sentido falta da mãe que trabalhou toda a vida.

O símbolo da mulher na sociedade é a maternidade. Como escrevi no capítulo três, parece que a condição de ser mãe não é dissociável da condição de mulher e, para isso, é necessário renunciar.

Os filhos reclamam do tempo da mãe com eles. Inclusive, mais de uma vez enfrentei esse tipo de queixa: "Mamãe, antes você ficava mais tempo conosco"; "Você se importa mais com a Alabadas do que conosco". Mas, paralelamente, elas se sentem orgulhosas do trabalho da mãe, acompanham, contam para os amigos e as amigas, para os professores e fazem comentários feministas.

Na sociedade ocidental, o tempo externo não se parece em nada com o tempo interno. De fato, o tempo interno não só não é levado em conta, como também jamais nos ensinaram que ele existia. Já há alguns anos, começaram a aparecer artigos e livros sobre o assunto, mais orientados para a educação que se baseia em respeitar a maturidade das crianças para avançar na aprendizagem. Mas de nenhum modo isso é algo incorporado à sociedade. Portanto, a veneração do tempo é a veneração do tempo externo, o do relógio, mas jamais do tempo interno como eixo da vida.

A interpretação do tempo também é cultural. Até o século V não existiam relógios, as culturas eram regidas pela posição do sol e pelas expressões da natureza, entre elas as "nove luas" utilizadas para medir o desenvolvimento da gravidez até o parto. Sem querer, com relógio ou sem relógio, nós, mulheres, estamos atentas ao tempo quase toda a vida; o tempo como uma gaiola do ritmo que deve ser vivido. Já os homens estão mais livres do tempo, pelo menos das restrições biológicas para ter filhos, e algumas liberdades relacionadas a certos deveres sociais como, por exemplo, o tempo que passam na rua.

Na entrevista de Esteban Aranda — um brilhante professor de história, sem dúvida —, para Alabadas, ele conta que seu pai trabalhava tanto que ele o via muito pouco, até chegou a pensar que não tinha pai.

> Meu pai nunca teve horário para chegar em casa. Na verdade, se encontrasse alguém no caminho, ia com esse amigo tomar algo e, muitas vezes, chegava às nove ou às dez da noite. Jamais vi minha mãe fazer isso. Ela, como era diretora de um coral cujos ensaios ocorriam à tarde, muitas vezes chegava ao redor das dez, e era condenada, pelo menos com o olhar, pelo meu pai. Não tinha problema se ele ficasse com um amigo até tarde, mas não era certo se minha mãe se atrasasse mais do que o normal para chegar em casa. Não tenho dúvidas de que essa dinâmica enchia

minha mãe de culpa, mas, por outro lado, fiel à sua paixão, ela não estava disposta a abrir mão do tempo de uma atividade à qual se dedicava com a alma. Como muitas mulheres, minha mãe deve ter vivido uma tensão permanente entre a culpa e a possibilidade de fazer o que gostava.

A culpa que exerce o "dever ser" que tem o tempo como eixo de vida. Um tempo que nós, mulheres, muitas vezes não vivemos como prazeroso, mas com o "dever ser" a reboque, graças ao papel que o patriarcado nos designou.

A condenação do tempo é a condenação do papel que cada um tem que cumprir. Cedo ou tarde, é um julgamento a respeito do que deveria ser a norma, e, nas sociedades patriarcais, que uma mulher, mãe de família, chegue tarde em casa não é bem-visto, porque supõem-se que se ela chega tarde está desperdiçando tempo ou descuidando da família. O tempo é inefável porque corresponde a uma sensação tão própria que nada nem ninguém deveria acreditar que tem o direito de opinar, nem de explicar o tempo do outro. Muito menos o tempo de uma mulher, nem julgar a dedicação de tempo para seus filhos.

A partir do tempo, a sociedade tenta explicar muitas coisas: uma delas é a criação dos filhos e o tempo que a mulher passa com eles. O tempo acaba sendo um tirano que nos obriga a tomar decisões, inclusive a de ter ou não filhos. Os parâmetros culturais e o tempo são dois eixos pelos quais segue o patriarcado. O tempo como materialidade da vida e o trajeto que deve ser percorrido por ser mulher. Os parâmetros culturais, o que deve ser quando se é mulher.

A maior blasfêmia: "Não importa o tempo que você passa com seus filhos, mas a qualidade desse tempo". Quando falamos de qualidade, estamos supondo determinados padrões e, com eles, determinados comportamentos que devíamos ter nessa "qualidade do tempo". Então, em vez de desfrutar e conectar com o tempo interno, o tempo de fora, aquele que é marcado pelo relógio, torna-se dever e, portanto, exigência do que "tem que ser assim". A exigência externa nos tira toda a possibilidade de nos mostrarmos vulneráveis diante de nós mesmas e diante de nossos filhos e filhas. A mesma Graciela Naum conta que, quando chegava em casa, muito cansada depois de um intenso dia de trabalho, antes de abrir a porta, respirava e pedia a Deus que lhe desse força para estar presente com seus filhos.

Quem pode julgar a "qualidade do tempo"? Não seria, por acaso, muito humano e até útil para a vida dos nossos filhos se nos mostrássemos cansadas e lhes explicássemos que, naquele dia, não temos vontade de brincar ou de ler um livro ou que, pelo contrário, somos nós quem precisamos ser mimadas por eles ou de uma boa massagem? A cultura também nos demanda que sejamos provedoras dos nossos filhos, apoios emocional e logístico e multitarefas, sem nos dar, em troca, a possibilidade de que eles também sejam, em parte, nossos apoios emocionais, a partir da vulnerabilidade que cada uma de nós pode mostrar diante deles. Não me refiro, com isso, à força do amor que sentimos por eles e, o que, para muitas mulheres, é um motor mais do que suficiente para empurrá-las pela vida. Refiro-me a sentir o apoio que eles, desde a mais tenra infância e instintivamente, nos dariam se fôssemos capazes de construir essa ponte que, sem dar lugar a dúvidas, seria um exemplo que se transformaria em crença profunda para ver a vulnerabilidade como um valor. Ainda que isso possa parecer polêmico, já que não podemos propor que uma criança pequena apoie um adulto, poderíamos mostrar-lhes essa vulnerabilidade segundo a idade que eles têm, dizendo, por exemplo, que a mamãe também fica triste ou que precisamos de um abraço deles que nos dê força e alegria.

A qualidade do tempo, sobre a qual tanto se fala, é um padrão tão íntimo e tão profundo que se fôssemos capazes de lhe atribuir o significado que quiséssemos do lado de dentro das portas das nossas casas, deixaríamos de cair em receitas externas que nos dizem como devemos ser como mães, e estaríamos dando um exemplo concreto de viver no desejo e não na culpa, diluindo a tensão entre o "dever ser" e o "querer ser", vivendo no tempo presente como queremos e podemos.

"Às vezes, em uma reunião de conselho, penso: 'Karen, cuidado como você vai dizer o que quer dizer'. Isso não acontece com os homens, os homens não pensam isso."

Karen Poniachik

10 | ELES PODEM, MAS NÓS TAMBÉM PODEMOS

Futebol, churrascos, comissões, diretórios, política, golfe, associações de todo o tipo: homens, homens, homens, homens... Só vemos homens... Talvez ali no meio, perdidas, uma ou duas mulheres.

Há algo entre eles, um entendimento comum, uma defesa comum. Eles jogando futebol, golfe ou rúgbi resolvem seus problemas. Na sauna, nos vestiários, na mesa do bar.

Os homens têm um código comum porque têm um interesse comum, que responde a um viés inconsciente: levar a voz ressoante, o poder, a transformação e tudo o que for relacionado com economia, política, finanças, guerra e paz, comunicação, cultura, governos, relações internacionais, ou seja, o mundo. A vida pública foi adaptada para eles, porque foram eles que a construíram. Os homens formam a confraria da masculinidade, na qual a única coisa válida é a opinião deles. Eles podem discordar, podem discutir, podem ter ideias opostas, mas sempre têm um ponto de encontro, algo em comum que interessa para todos, e ainda que seja só esse ponto, os homens se reconciliam. Não é necessário pesquisar muito a fundo para ver isso, basta procurar na internet pelo termo "reconciliações históricas" e teremos uma longa lista composta por homens.

Quantas vezes escutamos: "É só dar uma bola de futebol para os meninos, e eles se resolvem. Já as meninas são mais complicadas". E que tal se déssemos uma bola de futebol para as meninas também? O alinhamento dos homens tem, ainda que de modo inconsciente, um interesse comum. Já nós, mulheres, em nosso inconsciente, temos que competir para que o homem nos escolha para ocupar o lugar que gostaríamos de ocupar, já que é sempre ele quem abre espaço — ou não — a uma mulher, como uma espécie de objeto que o homem pega e tira, escolhe ou não, e determina como deve ser. Assim somos *na* e *para* a cultura patriarcal. Pensemos nas brincadeiras infantis, por exemplo. Os meninos jogam bola, brincam com carrinhos, com lego. As próprias brincadeiras os preparam para uma vida fora de casa, já que todas as brincadeiras que a sociedade impôs como "de meninos" propõem a vida ao ar livre compartilhada com outros meninos ou o desenvolvimento intelectual e até de engenharia — por assim dizer. Por outro lado, as brincadeiras femininas preparam as meninas para viver da porta de casa para dentro, e para serem escolhidas por um homem.

Historicamente, isso sempre foi assim, e, apesar de estar mudando aos poucos, ainda é comum se falar sobre as brincadeiras "de menino" e "de menina" na publicidade. A diferença — que vale destacar — é que, hoje em dia, isso não passa desapercebido, e a empresa que faz esse tipo de discurso tem que se retratar imediatamente. A história que citamos é a seguinte: em 2018, um pouco antes do Dia das Crianças, a empresa Carrefour, em um de seus pontos de venda, colocou uma publicidade que diferenciava explicitamente as brincadeiras de meninos e de meninas. Não deve ter durado mais do que vinte e quatro horas, porque automaticamente a pressão vinda das redes sociais obrigou a empresa a tirar o conteúdo e a mudá-lo.

Também é importante dizer que só uma parte da sociedade se encontra neste estado de consciência capaz de pressionar tanto. O resto, a maioria, ainda tem dificuldade em ver esse tipo de manifestação. Aqui vai um exemplo: há pouco tempo, em uma aula que dou todos os anos na Universidade de San Andrés, para jovens de uns vinte anos, que supostamente poderiam estar em um estado de consciência diferenciado em relação a este tema, as moças comentavam que continuam se comportando de maneira parecida com a que teoricamente suas mães se comportavam na juventude, esperando que os rapazes de quem elas gostam deem o primeiro passo, criticando as outras mulheres, competindo entre si, além de seguirem e observarem todos os deveres sociais relacionados à beleza. A docente da cátedra que me convidou para dar essa aula em especial, no contexto da minha conversa com os jovens, perguntou: "Se amanhã vocês tivessem um filho homem e ele pedisse que vocês comprassem um jogo de panelas de brinquedo de presente, o que vocês fariam?". Metade da classe respondeu que não compraria. Cabe destacar que só havia dois homens na sala de aula.

Diana Maffía diz: "Simbolicamente, a extensão do território é sempre do mamífero masculino". Eles demarcam a área e decidem segundo seus padrões, com o poder que acreditam ter recebido. Seus territórios, suas crenças, suas ações. Os homens não precisam tecer redes, porque eles já as possuem. Eles não as construíram intencionalmente, não precisaram fazer isso, porque as criam para ter um objetivo comum no jogo de futebol, nos negócios, na economia, na política, no clube. Todos se alinham atrás do interesse que os une. Pelo contrário, as mulheres nas sociedades patriarcais, pelo menos inconscientemente, competem. Nós, mulheres, parecemos enfrentar umas às outras porque aprendemos que aquele que dá a bênção é o homem. Nós, mulheres, muitas vezes apresentamos comportamentos patriarcais até mesmo mais exacerbados que os homens. Criticamos outras mulheres pelo modo como se vestem, pelo jeito como se comportam, pela maneira que exercem a maternidade, se as outras mulheres não querem ser mães, se trabalham, se não trabalham, se viajam sozinhas, se têm as unhas bem ou mal pintadas, se usam o cabelo curto ou muito comprido, se estão com alguns quilos a mais do que o mercado manda ter, se têm celulite, se são livres, se são amorosas, se são fofoqueiras. Nós, mulheres, não nos apoiamos entre nós, e isso é visível.

Para nós, mulheres, é difícil ficar ao lado de outras mulheres, e isso também é motivo de condenação social por parte dos homens: "As mulheres competem entre si e sempre estão criticando a amiga", eles falam.

Sair da matriz patriarcal implica ver que é necessário colocar-se ao lado das mulheres, entender que cada uma escolhe como se comportar, como se vestir, como se mover, e isso não a torna uma pessoa melhor nem pior, não determina seu ser.

Quase todas as mulheres que entrevistei para Alabadas mencionaram ter se sentido muito mais criticadas por outras mulheres do que pelos homens. Uma mulher que levanta o tom de voz e fala com firmeza está brava. Por outro lado, um homem que age assim é firme em suas convicções. Por isso, na tentativa de não sermos criticadas, muitas vezes nós, mulheres, procuramos a condescendência dos homens para nos parecermos com eles e criticamos outras mulheres no que não queremos que nos critiquem. A condescendência dos homens implica, no nosso imaginário, que seremos escolhidas por eles, e acabamos nos colocando do lado deles e contra as outras mulheres.

Nós, mulheres, precisamos de redes de apoio para poder conquistar igualdade de direitos e oportunidades. Somos capazes de nos fortalecer em uma rede de contenção que pode ser definida com uma palavra nova: "sororidade". Mas, para isso, é necessário fazer uma mudança de pensamento, para que nos vejamos do mesmo lado e passemos a pensar na possibilidade de construir redes. É necessário perder o medo. Os deveres sociais produzem medo, porque romper com um deles ou desafiá-los implica sair da norma vigente. Então, como vou me comportar de uma forma diferente do que as demais julgam como normal? O medo paralisa porque, atrás do medo existe o risco de perder algo valioso que, neste caso, poderia ser a reputação de "mulher direita". O medo é a âncora da sociedade patriarcal porque qualquer comportamento ou situação que saia um pouco do estabelecido, ainda que seja um milímetro, do que se julga como "normal" ou "aceitável" seria motivo de críticas e de exposição diante dos demais. Portanto, nós, mulheres, para armarmos redes entre nós, temos que estar dispostas a desafiar certo *status quo*, não só social, mas dentro de nós mesmas. Todo dever social traz consigo um certo castigo pela não conformidade, que se vê refletido na crítica por parte das pessoas próximas e nem tão próximas. Mudar comportamentos que são aceitos pela sociedade e desafiá-los é viver contra a corrente, como em uma revolução permanente, e não é uma tarefa fácil.

A autoestima da mulher nesta sociedade é construída sobre o fundamento do olhar masculino. No patriarcado, vivemos a partir da aprovação do homem e da aceitação de outras mulheres que não nos julguem como perigosas. Mas se não somos perigosas, não somos valiosas, porque o perigo e o valor serão julgados pela escolha ou pela recusa masculinas. Então, passaremos a ser perigosas se um homem nos escolhe e não validamos esta escolha. Simbolicamente — e, muitas vezes, explicitamente —, nós, mulheres, nos expomos à escolha e à bênção dos homens e nos sentimos menosprezadas quando não somos escolhidas. Automaticamente nos comparamos com a mulher que, sim, foi. Essa comparação origina uma competição, porque obrigamos a nós mesmas a alcançar o padrão estabelecido pelos outros como correto. Se não nos conscientizamos disso, o *modus operandi* nunca mudará, e não poderemos demonstrar a nós mesmas que também somos capazes de estar e de agir a partir do nosso lugar. Colocar-nos ao lado das mulheres implica "validarmos" a nós mesmas e as demais em nossa própria identidade, cada uma com sua diversidade interna, e com isso também deixar de ver o homem como aquele que dá a bênção.

Tecer redes, apoiar-se em outras mulheres para falar sobre o problema que afeta a todas igualmente, ajuda a romper o círculo vicioso em que estamos. Atualmente, existem inúmeras redes de mulheres que vão desde associações informais até organizações da sociedade civil que apoiam todo o tipo de causa. Mas o mais importante é que a revolução de SER mulher despojada de crenças patriarcais começa com cada uma fazendo o esforço de apoiar as demais, colocando-se no lugar delas. A sororidade vem de mãos dadas com a compaixão em relação a nós mesmas e às demais, e com a generosidade de receber nossas colegas da maneira que são e do modo que vivem sem nenhum julgamento. Esse movimento não nos é natural, mas um primeiro passo seria pensar que, se continuamos deste modo, jamais haverá igualdade de gênero, porque persistir neste comportamento é validar a desigualdade.

Qual é o limite da liberdade?

A cultura.

Mas o que é a cultura?

O que você vê, o que cheira, o que escuta, o que lê, o que lhe ensinaram, o que você aprendeu, o que você transmite. Tudo isso é a cultura.

A liberdade se edifica; mas para isso é necessário pensar nas fundações, e todos temos como base fundações parecidas. Temos que criar novos modelos, da mesma maneira como foram criadas novas tecnologias, pensando de maneira diferente em várias direções. Simplesmente criar algo diferente, algo que não existe, ou talvez exista, mas que, conjugado com a impressão de cada uma, seja novo, seja diferente.

11 | SINTO QUE VOU EXATAMENTE AONDE TENHO QUE IR

A convicção é exatamente o contrário da sensação de empurrar algo pesado ou uma mala velha que está muito cheia e cujas rodas já não respondem como antes, travam ou quebram. É uma sensação estranha. Não é sentida por muitas pessoas. Não é que não tenha oposição, tem sim. Sempre há forças contrárias a essa sensação, ainda que estranhamente não venha da própria pessoa, mas de fora. A força interna é tão potente, tão intensa, que a força opositora se converte em uma leve brisa que quase não incomoda. É estranho porque, antes, tudo, absolutamente tudo, foi difícil. Essa certeza só apareceu em poucas situações, e, ao olhar para trás, foram essas certezas e as escolhas feitas que marcaram o caminho para que essa realidade, que está bem alinhada, não fosse detida.

Ir ao lugar correto é ir ao lugar para o qual essa força interna conduz. O lugar correto é o da certeza. E não é que não haja desilusão. Há, sim; claro que há, porque esse lugar não é comum, mas um estado mental no qual poucos vivem. É uma maneira de ser e estar no mundo que não é fácil. Muitos chamam isso de "lentes violeta"; os olhos do feminismo, que não é um partido político nem tem bandeiras políticas, ainda que se acredite o contrário. É a resposta a uma busca, a uma pergunta que alguma vez apareceu como um germe muito pequeno e que lentamente ganhou força, com certo ritmo que se acelerou devagar, a passos firmes.

Uma virada de cento e oitenta graus. Um olhar verdadeiramente diferente, que não vê inimigos, só a oportunidade de marcar a falta, a escassez do olhar daquele que jamais colocou as lentes violeta; que não as conhece, que não sabe como fazer isso. Sua agudeza e precisão tem tantas arestas e perspectivas que é surpreendente a diversidade de respostas que podem ser dadas às perguntas: "Como você se deu conta?"; "Como conseguiu ver algo diferente em um mundo que às vezes se afasta tanto desse olhar, dessa certeza?".

É muito interessante o que conta Elvira Lindo — escritora e jornalista espanhola — para Alabadas. Ela diz:

> Para mim, a intelectualização do feminismo foi muito posterior à minha rebeldia pessoal. Meu caráter reagiu antes do meu intelecto. Minha mãe queria que eu fosse como minha irmã mais velha, que, quando éramos pequenas, era bem feminina no conceito mais ortodoxo da palavra, e eu não era assim... Minha mãe se foi deste mundo um pouco preocupada comigo, e eu sempre tive no coração uma vontade interior de ser como as outras, mas algo em mim faz com que isso não seja possível. A certa altura, troquei alguns e-mails com Soledad Gallego-Díaz (jornalista do *El País* e muito feminista), e ela me disse: "Olhe, há muitos anos que aguento a condescendência masculina", e me surpreendeu que uma pessoa da categoria dela, que eu achava que não tivesse que aguentar nada, me dissesse aquilo. Então, pensei no quanto tive que aguentar de condescendência masculina também. Foi então, por essa frase e aos trinta e tantos anos, que comecei a ter uma ideia mais raivosa e furiosa sobre o assunto.

Não pude me identificar mais com o que Elvira contava, porque, para mim, a sensação também chegou muito cedo, mas a intelectualização do tema veio muitíssimo mais tarde, porque não se pode ser consciente daquilo que não se sabe existir. E eu não entendia até que ponto chegava o machismo, muito além de certas construções comuns, como as piadas. Também é possível que eu tenha experimentado uma série de resistências porque tinha construído uma imagem interna de certa igualdade com o homem, e acredito que pensava que nós, mulheres, éramos parecidas com eles, não sofríamos discriminação. Acabei por me definir como feminista quando entendi, não faz muito tempo, que nós, mulheres, não só não temos os mesmos direitos que os homens, como também estamos distantes de ter as mesmas oportunidades. É uma sensação de mudança mental ampla e retumbante, mas, sobretudo, uma sensação de ver algo que não via antes. E, quando você vê, tudo muda, até sua própria vida.

Como sentir que estamos indo ao lugar correto se não podemos olhar a nós mesmas e nos convidar a pensar a partir de uma perspectiva mais ampla? A consciência faz a inteligência. Quanto mais se amplia a consciência, mais se incrementa a inteligência, e, consequentemente, as possibilidades de avaliar todos os pontos de vista, tanto próprios quanto alheios. Piaget demonstrou que as crianças só conseguem ver por uma perspectiva. Se mostramos um cubo a uma criança de quatro anos, ela vai acreditar que o cubo é só uma de suas faces. O mesmo acontece com as crianças que cobrem a cabeça com a mão ou com um pano e acreditam que ninguém as vê. Essa criança não tem maturidade para imaginar que o cubo tenha mais faces do que aquela que ela está vendo, ou que o pano não a torna invisível perante sua mãe. Essa capacidade de pensamento superior, de abstração, é adquirida com crescimento e maturidade. Habitualmente, os seres humanos inferem coisas que não veem, e isso serve para tomar decisões de maneira mais rápida em um contexto de obviedade, quer dizer, um âmbito conhecido no qual podemos prever o que acontecerá.

Geralmente, não paramos para pensar que o cubo tem mais faces, que são as que não vemos, e muito menos desafiamos nossas inferências; nós nos movemos sobre uma verdade que é aquela que acreditamos ser e a partir da qual acreditamos que "somos". Um exemplo disso é que muitas de nós, mulheres, sentimos mais de uma vez que não somos escutadas dentro de um grupo formado em sua maioria por homens. Mulheres que contam que, em reuniões de trabalho com essa conformação, expressam uma ideia, e nenhum homem responde, entretanto, se um integrante masculino da mesma mesa faz a mesma proposta no minuto seguinte, todos escutam e festejam. Nesses casos, muitas mulheres inferem que não foram escutadas (no sentido biológico de ouvir) ou que foram elas que não se expressaram de modo suficientemente efetivo para chamar a atenção dos rapazes. Nesse caso, as faces do cubo que não vemos são a cultura patriarcal e os seus deveres sociais invisíveis, algo como "A mulher vale menos que o homem, portanto sua opinião não tem peso entre eles"; "Uma mulher não pode opinar sobre negócios".

Assim como nos empenhamos em fazer do mundo uma dicotomia na qual tudo é branco ou preto, bom ou mau, lindo ou feio, feminino ou masculino, também acreditamos que a vida tem dois lados e perdemos a chance de pensar em várias direções e integrar esses pensamentos sem um molde no qual os encaixar, sem permitirmos sentir o incômodo que essa complexidade de pensamento e o comportamento consequente e congruente exigem. Como mulheres, já temos um certo registro de incomodidade, de certa intuição de que não estamos no lugar certo ou que sequer estamos vendo o lugar que queríamos estar. Um julgamento que está protegido no "não sou feminista, sou feminina", que não são opostos, mas que o antagonismo imposto pela cultura assim determina; e a própria ideia de nos integrarmos em algo novo gera pânico, da mesma forma que gera nos vermos como iguais.

O fato de não saber quem somos limita a identidade e corrói a autoafirmação. A falta de flexibilidade, ou seja, a rigidez, nos prende ao que acreditamos ser seguro. Uma segurança baseada no outro, no de fora, na matéria, de onde nasce a intolerância, a loucura e a cegueira. Paulina García, atriz chilena, conta na primeira temporada de Alabadas que duas vezes em sua vida sentiu essa sensação de maneira muito forte. A primeira vez foi quando participou do primeiro *casting* para trabalhar como atriz, quando sentiu que aquele era seu lugar e nada nem ninguém poderia atrapalhá-la, nem mesmo sua mãe, que não sabia que a filha estava ali, porque acreditava que a garota estudava literatura. A segunda, em uma peça de teatro na qual tinha que subir uma escadaria para entrar no palco com o ambiente às escuras, e sabia que assim que se acendessem as luzes, seu companheiro de cena tentaria boicotá-la. Ela fala da segurança interna de estar naquele lugar e de ter certeza de que ninguém, absolutamente ninguém, a tiraria daquele ponto: nem o nervoso de seus companheiros na audição nem o ator que, por inveja, ou vá saber por qual motivo, tentava boicotá-la noite após noite no palco.

Poder pensar em todas as faces do cubo em cada uma das cenas cotidianas das quais somos protagonistas e ver, também, o modo como pensamos e pensamos sobre nós mesmas nelas nos ajuda, pouco a pouco, a colocar as lentes violeta e tecer os caminhos nos quais desejamos transitar.

"No patriarcado, a mulher que não é de ninguém é de todos."

Diana Maffía

12 | PRIMEIRO ENXERGAM O GÊNERO, DEPOIS, A PESSOA

Dirige como mulher. Pensa como mulher. Fala isso por ser mulher. Trabalha como mulher. Chora porque é mulher. As mulheres competem entre si. As mulheres se vestem para outras mulheres. As mulheres sempre se criticam. Você não está na mesa de decisão porque é mulher. Se as mulheres se metem, fazem confusão. Você não pode fazer isso porque é mulher.

Ser mulher é como um carimbo na testa. Parece que há características inerentes ao gênero, e o fato de ter vagina, útero, ovários e seios nos define como mulher. Julgamentos que, por pertencermos ao gênero feminino, nos incluem em um retumbante "assim são".

"A cultura coloca a mulher em um lugar distinto do homem", opina Agustina Ayllón, advogada e fundadora da ONG Infância. A mulher vem sendo subjugada na história da humanidade, avaliada e olhada como algo inferior. As tarefas designadas para a mulher em sua condição inerente e não excludente de mãe foram as tarefas menos qualificadas. Por esse motivo, como já mencionei em mais de uma oportunidade ao longo do livro, a mulher não teve voz na construção da sociedade, incluindo na atualidade, e corremos o risco de tampouco tê-la na construção do futuro. Sem querer ser repetitiva, não só a participação de mulheres que é menor, mas também a participação de mulheres que possam pensar em si mesmas e ver-se como iguais aos homens, e que tenham um olhar verdadeiramente feminista.

Celeste Medina (especialista em sistemas), María O'Donnell (jornalista especializada em política) e Carolina del Río (teóloga feminista) são três mulheres que abriram — e abrem — caminho em um mundo de homens, e as três reconheceram as travas incomensuráveis com as quais se encontraram em suas carreiras.

"Quanto entrei na universidade, em um curso com maioria de homens, nenhum dos meus colegas se interessava na maneira como eu resolvia um exercício", diz Celeste Medina. Nesse caso, não estamos falando de homens de sessenta anos, mas de vinte e poucos, porque isso aconteceu há dois ou três anos. Carolina del Río conta que, na universidade na qual entrou quando era mãe de quatro filhos, um dos professores lhe dizia: "Mas o que você faz aqui? Por que não está em casa cuidando dos filhos?". E María O'Donnell explica: "A posição que ocupo, em relação à opinião pública, é difícil, porque são todos homens e estão acostumados com seus interlocutores homens, então há um código ao qual eu não pertenço, é como se não fizesse parte do vestiário ao qual eles estão acostumados".

Ainda que nós, mulheres, não nos vejamos diferentes dos homens, eles nos veem como diferentes e, em grande parte das vezes, se sentem incomodados em ter conversas, que julgam ser de homens, com mulheres. Há um tempo, minha filha mais nova, que tem onze anos, recebeu uma aluna de intercâmbio uruguaia, por conta de um campeonato de hóquei. No domingo de manhã, como o campeonato tinha terminado, levei minha filha e a amiga intercambista para o colégio, para que a menina se despedisse, porque voltaria para Montevidéu. Todos os lugares para estacionar perto estavam ocupados, e só havia uma vaga que obstruía parte da garagem de uma casa próxima. Decidi deixar o carro ali por menos de cinco minutos para ajudar a menina de onze anos a descer sua mala e levá-la até o ônibus que estava a uma quadra. Nesse breve lapso de tempo, o dono da casa quis sair e deu de cara com meu carro. Então, ele foi até onde estavam os pais para perguntar quem era o dono do automóvel, bem no momento em que eu voltava para tirar o carro de lá para estacioná-lo em um lugar mais adequado. Claro que sei e sabia que não era correto o que eu estava fazendo — de fato, não costumo fazer isso —, mas a mala estava pesada demais para caminhar várias quadras, estávamos alguns minutos atrasadas em relação ao horário de chegada, uma vez que todo o percurso habitual estava interrompido por causa de uma maratona, e não previ dar de cara com um engarrafamento em uma manhã de domingo. Então, resolvi fazer aquilo, mesmo com o risco de o morador da casa querer sair com seu carro. Pedi desculpas ao homem, tentando explicar por que tinha estacionado ali, e ele me respondeu de forma muito agressiva. Posso entender seu aborrecimento. Mas isso não foi o pior. Quando voltei, depois de estacionar em um lugar correto, um pai que não conheço me disse em um tom completamente autoritário: "Você tem que dar o exemplo". O homem era uns bons centímetros mais alto do que eu, e sua estrutura física era grande. Olhando-me de cima, vociferava sobre o exemplo que eu devia dar. Tento explicar que foram só três, no máximo quatro, minutos, e, levantando a voz, ele me diz: "Não foi só esse tempo, o cara veio umas cinco vezes procurar a dona do carro". Respirei, olhei fixo para ele e respondi: "Preste atenção ao modo como se refere a mim, muito cuidado com o tom que usa para falar comigo", ainda com o olhar fixo nele e mantendo-o por uns segundos. Havia vários homens ao redor que ficaram calados, olhando a situação, mas que tinham concordado com a ordem sobre como eu tinha que ter me comportado, como se eu fosse filha deles ou alguém que não está à altura do que eles sabem.

O "eu sei o que é certo sobre o que você tem que fazer" é mais um exemplo de um machismo devastador. Posso assegurar que, se em vez de ter sido comigo, tivesse sido com meu marido, esse senhor não diria a ele o mesmo que falou a mim, e muito menos naquele tom de voz, agressivo, autoritário e elevado. Depois, lembrei-me de que esse mesmo senhor também tem um filho da idade da minha filha mais velha, a quem minha filha certa vez convidou para seu aniversário. Quando esse senhor foi buscar o menino, o filho lhe disse que tinha convidado um amigo para dormir na sua casa. Esse mesmo senhor lhe disse que não ia levar o amigo porque o filho estava de castigo, e o garoto chorando lhe pedia que o levasse, porque o amigo não tinha com quem voltar e ele tinha se comprometido com o outro menino. Ele deixou o amigo do filho na minha casa, e o pai desse outro garoto só conseguiu buscá-lo depois da meia-noite, mais de duas horas depois do fim da festa. Ele não se importou em deixar um amigo do filho abandonado em uma casa. O menino que ficou na minha casa permaneceu angustiado e incomodado até que seu pai chegou para pegá-lo.

Depois desse episódio no domingo de manhã, pela primeira vez, senti medo, talvez porque tenha sido a primeira vez que aconteceu comigo algo tão contundente, desde que comecei a ver por essa perspectiva, algo que antes talvez não tivesse podido distinguir do todo, para além do tom agressivo. O medo pelo julgamento que talvez esse senhor tivesse na cabeça sobre o que é uma mulher, um homem que não fala assim com aqueles a quem julga iguais. Um medo baseado no fato de que muitas mulheres teriam uma atitude de "Sim, você tem razão, sou uma má pessoa", "Sou essa mulher que não consegue pensar por si mesma e preciso que me indique o caminho", como um pedido ao qual a sociedade nos acostumou. Um medo baseado na matriz na qual vivemos e na qual tantos e tantas de nós deixamos que esse pensamento avance e nos acomodamos às circunstâncias, permitindo que esse tipo de "senhor" continue falando conosco dessa maneira.

O medo é nosso pior inimigo porque ele se aproveita da insegurança que produz em nós. Nesse caso, poderia ter se manifestado em um certo pedido de proteção, ao afirmar que o que esse senhor dizia era verdade. O medo é um apêndice das mulheres nas sociedades patriarcais porque o "dever ser" não vem acompanhado de outra emoção além do medo. Medo de não estar à altura das circunstâncias, medo dos perigos externos, medo de nós mesmas. Medo de perder todo o espaço conquistado e que, em um abrir e fechar de olhos, pode já não existir. Um medo instalado na sociedade como uma luz vermelha marca certos limites que não podemos atravessar, mas que, quando conseguimos ultrapassar, transformam-se em coragem e valentia.

Respiremos fundo, reunamos forças para olhar nos olhos desses homens que acreditam ser superiores e digamos para eles: "Atenção. Conosco, não".

"As mulheres que não podem decidir se têm ou não filhos são escravas, porque o Estado reclama seus corpos como propriedade, assim como o direito de ditar o uso a que seus corpos devem ser submetidos. A única circunstância similar para os homens é o recrutamento militar. Em ambos os casos, existe risco para a vida do indivíduo, mas um recruta do exército, pelo menos, recebe comida, roupa e alojamento. Até mesmo criminosos nas prisões têm direito a essas coisas! Se o Estado exige o parto forçado, por que não deveria pagar pelo cuidado pré-natal, pelo próprio parto, pelo cuidado pós-natal e — para os bebês que não são vendidos para as famílias mais ricas — pelo custo de criar a criança?

Ninguém está obrigando as mulheres a fazer aborto. Ninguém tampouco deveria obrigá-las a se submeterem a um parto. Obrigue os partos, você, Estado, mas pelo menos chame a obrigação pelo que ela é. É escravidão: reivindicar, possuir e controlar o corpo de outra pessoa e tirar proveito disso."

Margaret Atwood

13 | ABORTO

A simples ideia de que uma mulher queira banir de seu ventre o que a sociedade julga ser a razão de sua existência é um ato criminoso, porque abortar seria eliminar a si mesma, já que sem filho não há mãe, e sem mãe não há mulher.

Aborto: uma palavra com conotação tremendamente negativa. O aborto é revestido de dor, de frustração e de arrependimento. Ninguém diz que a ideia de abortar é uma decisão trivial, mas como em tudo, a compaixão pelas diferentes situações que nós, mulheres, enfrentamos é escassa em uma sociedade em que é fácil apontar o dedo para o outro e dizer o que essa pessoa tem que fazer. O aborto nunca teve relação direta com o direito de escolher querer trazer um filho ao mundo ou não. Na minha opinião, não há argumento mais sólido nessa causa do que o direito de todo ser humano escolher como quer viver sua vida e o que fazer com seu corpo. Único argumento válido para que o aborto, até as quatorze semanas, seja legalizado na Argentina e também deveria ser no restante do mundo.

Venho de uma família muito católica, com vários padres e uma freira. Uma prima de primeiro grau da minha mãe, que vivia com minha avó e que praticamente me criou, era a fundadora da catequese no povoado em que nasci e cresci. Uma família antiaborto no discurso e, ao mesmo tempo, muito preconceituosa em relação ao que as pessoas diriam se alguém não se comportasse segundo os parâmetros que balizavam a sociedade naquele momento. Teria sido uma vergonha tremenda para a família se eu engravidasse na adolescência ou ainda sendo solteira. Se isso tivesse acontecido comigo, eu teria feito um aborto às escondidas, ainda pensando, naquele momento, que um aborto não era algo bom. Teria feito por medo do meu pai, para não o enfrentar e para não envergonhar o resto da família, entre outras coisas; para que minha avó, a quem eu adorava mais do que qualquer outra pessoa neste mundo, não tivesse que ir comungar com o pesadelo de ter uma neta pecadora e apontada publicamente. Claro, a culpa e o pecado tinham um papel central nesse pensamento que provinha de uma educação católica baseada na culpa, no pecado e no arrependimento. Uma família que dizia que um nascimento era sempre uma bênção, mas só se — e isso não era dito — viesse de um casamento como condição e sinal de respeitabilidade. Qualquer outra situação na qual uma gravidez ocorresse e um bebê nascesse seria condenada.

Uma família que, se não fossem todas as conotações culturais horríveis que continuam existindo sobre o aborto, teria sido pró-aborto, porque valorizava o futuro que as meninas da família teriam, e todos sabiam que um filho fora do tempo não era um bom plano para o desenvolvimento de um bom futuro profissional. Essas eram as condições normais da minha família, uma família economicamente abastada, que não teria tido problemas para criar um neto se eu tivesse engravidado na adolescência, mas para a qual teria sido uma tremenda vergonha.

Por outro lado, o aborto sempre foi apresentado na sociedade como um assassinato. Lembro-me de que, quando tinha uns quatorze anos, um médico do povoado nos deu uma palestra sobre o tema, mostrando-nos estatísticas horríveis, das quais hoje duvido, porque estávamos em 1984 e não existiam muitas estatísticas confiáveis na época, se compararmos com a metodologia que existe atualmente para elaborar esse tipo de dado. Um médico católico que, em vez do rigor científico, aplicava em seu discurso crenças sociais e religiosas sobre o tema. Família católica, mais o discurso do médico, mais o sacerdote na missa a cada domingo nunca resultaram em um bom combo para que eu pudesse formar uma ideia livre sobre estar ou não de acordo com uma lei que não criminalizasse a mulher que praticava um aborto, e muito menos para pensar na legalidade de tal prática. De fato, nunca pensei sobre isso senão como uma verdade inexorável: o aborto era errado.

Fui crescendo e conhecendo amigas que precisaram enfrentar essa decisão, e outras que se casaram grávidas aos vinte anos e teriam desejado que o aborto fosse legal e não fosse envolto com a vestimenta cultural que ainda hoje é. Por volta de 1990, se você ficasse grávida aos vinte anos estaria presa em um dilema no qual as duas alternativas eram igualmente ruins. Entre as que abortaram, algumas viveram esse fato de maneira mais dolorosa e outras convencidas de que aquilo era o que precisava ser feito. Também tive amigos que acompanharam suas namoradas ou companheiras ocasionais da época para abortar. Todos, tanto homens quanto mulheres, coincidiram em algo: tinham vivido uma experiência próxima a de um filme de terror. A sensação horrível de fazer algo na clandestinidade e penalizado pela lei, algo realizado em um lugar às escondidas, que não podia ser contado para ninguém por representar uma condenação social, mais o medo da intervenção e o abuso quanto ao dinheiro que tiveram que pagar, tudo digno do cinema mais sombrio. E, entenda-se bem, o filme de terror não era o aborto em si, mas as condições sociais, médicas e legais que, dadas as circunstâncias de ilegalidade, tiveram que enfrentar.

Quem somos nós para julgar a atitude de outra pessoa que não nos está causando nenhum dano? Quem somos, cada um de nós, para saber o que é certo e o que é errado na vida desse outro ou dessa outra pessoa?

A finalidade máxima de todo ser humano é a felicidade, e sem liberdade não há felicidade. A condenação social por escolher como queremos viver individualmente nossa vida cerceia o princípio de liberdade que é um direito humano.

Usar a lei para obrigar as mulheres a caírem na clandestinidade porque não querem ser mães, seja pelo motivo que for, como define Margaret Atwood, é escravidão. O Estado se apropria do corpo da mulher porque decreta por lei que toda mulher que ficar grávida deve levar a gravidez até o fim, exceto se for vítima de estupro, se a vida intrauterina for inviável ou se a vida da mãe correr perigo[16].

No meu povoado, todo mundo sabia onde os abortos eram feitos e quem era o médico que os fazia. Mesmo assim, esse médico nunca sofreu uma denúncia, ou pelo menos uma que tenha resultado em alguma coisa. Esse médico tinha amigos e a mesma vida que todo mundo. Nunca escutei alguém julgá-lo por fazer abortos, mas sempre algo como: "Alguém tem que fazer, e são as mulheres as culpadas, o médico não tem nada a ver com isso, ele simplesmente opera e cobra pelo seu trabalho".

Entendo que nenhuma mulher morreu enquanto esse médico fazia o aborto ou como fruto de uma infecção por prática mal realizada. Ele cobrava realmente muito caro pelo serviço — entre mil e quinhentos e dois mil dólares, na época em que o dólar e o peso

---

[16] N. da T.: No Brasil, o aborto é legalizado em três casos: se o feto for anencefálico, se a gravidez causar risco de vida para a gestante, ou quando a gestação é resultado de estupro.

estavam um para um na Argentina —, uma cifra que ficou rondando em minha cabeça porque lembro do momento em que pensei como teria conseguido juntar esse dinheiro se, no lugar de uma amiga, eu tivesse que passar por essa situação.

Creio que a ideia de um aborto em caso de uma gravidez não desejada já passou pela cabeça de todas as mulheres da minha geração, e me atreveria a dizer que imagens como a da agulha de tricô, do talo de salsinha e de outras tantas mais sangrentas entravam pelo menos na lista de alternativas desse pensamento. A simples ideia de hipotecar o futuro com um filho aos vinte anos de idade, quando a mulher sequer sabia se algum dia iria querer ser mãe, ao menos para mim, era devastadora. Mas nunca deixava de existir um preservativo em mau estado, uma pílula anticoncepcional esquecida ou vomitada e a incerteza de um leve atraso. Situações desnecessárias às quais a maioria de nós, mulheres, está exposta pela falta de liberdade para agir segundo nosso desejo e deixar de viver sob as crenças e os padrões dos outros, e não dos nossos próprios.

A dor que reveste o aborto é claramente cultural. D. é uma mulher de condições humildes, que tem um filho de uns vinte anos e uma filha pré-adolescente. D. trabalha muito limpando casas de família para dar aos filhos uma boa educação. Ela tem sérios problemas de coluna e varizes em todo o corpo. Sem querer, há alguns anos, ficou grávida do marido, o pai de seus filhos. Em seu caso, a gravidez não só traria complicações para sua saúde, mas, em seu transcurso, teria que parar de trabalhar, porque teria que ficar de repouso absoluto para levar a gravidez adiante. D. não se sentia em condições de ter um filho ou uma filha a mais, não só pela falta de força física, mas tampouco tinha condições econômicas.

Seus poucos recursos eram utilizados para que a filha caçula continuasse sua educação em um bom colégio e tivesse um futuro. Ela abortou com Misoprostol. Saiu ilesa, mas comprar o remédio lhe custou o equivalente a duas mensalidades do colégio da filha. Se o aborto fosse legal, não teria tido que enfrentar o custoso processo da decisão, com médicos que não a apoiaram e um Estado que lhe deu as costas. Uma mulher que não vive do Estado e que jamais pediu nada ao Estado. Poderia ter sido um caso de aborto não punível, mas o médico que a atendeu não achou que fosse necessário. Isso mostra como esse médico não se importou em superestimar a capacidade de uma mulher de gestar, sem entender não só um estado de saúde débil, como também simplesmente as razões do desejo de abortar. D. poderia ter recorrido a um juiz? Talvez sim, mas quanto tempo esse processo teria levado? E, por fim, o juiz teria lhe outorgado esse direito? E, quando digo tempo, não me refiro só à decisão do juiz, mas ao trâmite complicado que seria necessário para que aquilo chegasse ao juiz. Teria sido necessário gastar um tempo que ela não tinha de sobra, correndo o risco de que a gravidez avançasse e o risco de que o juiz desse um veredito contra sua vontade.

Isso não é escravidão? Ter que pedir permissão a um juiz para decidir sobre o próprio corpo não é escravidão? Se ela tivesse levado a gravidez adiante, alguém teria se encarregado de ajudá-la em seu cotidiano? A Igreja? O Estado?

D. decidiu segundo seu desejo e de acordo com o modo como queria construir sua vida, e isso é liberdade e coragem para seguir adiante. Como sociedade, temos a dívida da compaixão e da solidariedade do coração, de nos colocarmos verdadeiramente no lugar das outras e dos outros, e entender que as decisões que cada um toma são suas e de ninguém mais.

Uma semana antes da votação da sanção da lei de interrupção voluntária da gravidez na Câmara dos Deputados, entrevistei a ex-presidenta do Chile, Michelle Bachelet, que se manifestou a favor de uma lei de aborto ampla, como expressão da liberdade da mulher sobre sua vida e seu corpo. No Chile, ela só conseguiu implementar a lei do aborto legal pelas três causas (risco de vida para as mulheres, inviabilidade do feto e estupro), e essa foi abertamente uma dívida pendente na ampliação dos direitos das mulheres. Mas sua presidência deixou o início do empoderamento das jovens nas ruas, vivido hoje pelo Chile, exigindo a inclusão de uma agenda de gênero no currículo das universidades, além do pedido de legalização do aborto.

Nas nossas redes sociais, nós nos manifestamos a favor da lei da interrupção voluntária da gravidez e fomos postando textos, fotos e o testemunho de Bachelet. Recebemos uma enxurrada de mensagens a favor e contra. Quero que você leia algumas das mensagens que reafirmam tudo o que escrevi neste livro até aqui:

Nelson M.: "Me pergunto por que vocês não se matam. É o mesmo que matar um bebê sem raciocínio ou matar uma mulher com raciocínio sem uso".

Lidia M.: "Ninguém é obrigada a abortar, é uma questão de consciência. Um inocente, sim, é obrigado a morrer".

Adriana V.: "Se vocês têm direito sobre seu corpo, prestem atenção quando vão para a cama e se cuidem, imbecis".

Matias D.: "Antes de foder e trepar como animais, meçam as consequências e tomem cuidado".

Blanca F.: "Essas pobres de merda que vivem tendo filhos! Sabe o que vai acontecer com os hospitais com todo esse bando de vagabundas, que em um momento de droga e sexo não sabem o que fazem e se deitam com todo mundo...".

Jonny M.: "Assassinas de bebês, não se dão o respeito. Tomara que morram de hemorragia".

Ana Maria G.: "Cuidem-se, transtornadas".

Estela M.: "O aborto legal só traria consequências terríveis! Ou vocês acreditam que vão sair livres dessa? Matar inocentes... Quem deu esse direito para vocês? Deus é o único que tem esse direito por ser o doador da vida, já basta a forma como vivem ignorando sua palavra e seus conselhos. Olhem o mundo em que vivemos, resultado de nossas decisões!".

Esse é o reflexo de uma parte da sociedade. Cada uma das pessoas que escreveu essas mensagens forma a cultura. Mulheres condenando o gozo sexual e a atitude das mulheres em suas vidas privadas. Homens que acreditam ter o direito de menosprezar as mulheres porque para eles, evidentemente, somos meros recipientes gestantes. Mas houve um comentário em particular que superou toda expectativa de crueldade: "Mas o que acontece? Estão tão excitadas que não podem se controlar?". Depois, essa pessoa mandou várias mensagens privadas de voz nas quais dizia que se as garotas estupradas abortassem estavam matando a prova do crime, portanto tinham que ter os filhos fruto do estupro para que servissem como prova e culpassem o estuprador.

Todos os comentários são horríveis, porque aqueles que comentam se autoproclamam pró-vida, como se nós que estamos a favor da legalização do aborto nos proclamássemos pró-morte. Mas esse último comentário sobre o estupro me pareceu uma crueldade indizível, de alguém realmente mau, e o pior é que era de uma mulher chamada Emi e, a julgar pela voz, alguém bastante jovem.

A cultura se encarregou de nos mostrar o conto de que a gravidez é o melhor estado da mulher; um discurso fiel aos fins patriarcais que reafirma a mulher mãe como condição inerente a ela e sem possibilidade de escolher entre ser mãe ou não.

Laura Freixas, na entrevista que fizemos em Madri, disse que quando ficou grávida, como tudo em sua vida, procurou os romances que falavam da gravidez e não encontrou nenhum. Os poucos textos que encontrou representavam a gravidez como o conto rosa, como a doce espera.

Já nos cansamos de ver imagens de mulheres sorridentes, que acariciam o ventre, como se estivessem em um estado de êxtase. Para muitíssimas mulheres, a gravidez, ou partes dela, pode ter momentos de estado de êxtase, mas é claro que não é fácil levar uma gravidez, não só pelo incômodo do peso, das mudanças hormonais, das contrações que ocorrem ao longo dos nove meses, das visitas ao médico, dos exames, das doenças associadas, do aumento de peso, da insônia ou do excesso de sono e cansaço, mas também porque implica uma grande responsabilidade e incerteza do futuro. Uma criança não subsiste sem cuidados, pelo menos até os sete anos de idade, com dependência total de quem cuida dela. Uma mulher deve ter vontade e desejo de ser mãe para, não só passar pelos nove meses de gestação, como também para atravessar o parto, o puerpério e criar um filho durante toda a vida. Imaginem, por um momento, como deve ser passar por uma gravidez fruto de um estupro, como disse Emi, para não matar a prova do crime.

Se não é fácil para a mulher que escolheu ser mãe e está feliz com essa ideia, imagine para uma mulher que não desejou, não escolheu, e para a qual os métodos contraceptivos provavelmente falharam ou para uma mulher que sabe que, se levar a gravidez adiante, não vai sair jamais da linha da pobreza à qual está exposta, que sequer dará ao filho as condições mínimas que um ser humano deve ter para se desenvolver de maneira respeitável. Ou simplesmente para aquela que tem outros planos de vida e não sente que aquele é o momento da maternidade.

Claro que sempre existirão outras que não vão conceber a ideia de abortar e enfrentarão a gravidez porque acreditam que um aborto, longe de resolver sua vida, será um problema mais grave. Cada uma deve ser fiel ao que acredita e sente nesse momento, de acordo com as crenças que construiu ao longo da vida, e fazer a melhor escolha em função de sua individualidade. Sinto que é inconcebível que mulheres que foram mães ou que não foram porque não puderam, não escolheram ser ou não tiveram oportunidade julguem a decisão de outras mulheres baseadas em sua própria verdade.

Entendo que ninguém queira enfrentar a decisão de abortar, mas se enfrentar e decidir levar adiante, deveria poder fazer isso em paz e com os cuidados adequados para não morrer.

Não creio que o corpo, em sua biologia, tenha a capacidade de levar a um poço de depressão profunda alguém que aborta como uma escolha consciente. O aborto vem sendo revestido de dor e frustração, mas essa não é a biologia da mulher, e sim a cultura na qual vivemos. Falar de aborto como pecado passa por uma crença religiosa com a qual muitos de nós não compartilhamos, e ninguém julga quem a professa. O aborto legal é um direito e uma expressão de liberdade sobre o próprio corpo da mulher, única capaz de decidir.

O lenço azul que traz a inscrição "Salvemos as duas vidas", e surge como contrapartida ao lenço verde pró-legalização, encerra o mais sombrio puritanismo da Igreja Católica, um puritanismo tão absoluto como o da época vitoriana, na qual o único que tinha voz era o homem, e a mulher existia para servi-lo, para carregar seus filhos no ventre e dedicar-se ao cuidado deles. "Salvemos as duas vidas" é uma expressão hipócrita porque do lado do aborto legal ninguém quer matar ninguém, pelo contrário. O aborto legal salvaria a vida de mulheres que hoje morrem por causa da clandestinidade em que se realiza a prática abortiva. Antes do debate no Senado, escutamos até o cansaço a Igreja Católica falar no púlpito sobre o aborto como assassinato, como o pior dos pecados. Será que a liberdade das mulheres — que até agora foram julgadas e consideradas pecadoras — não convém para a Igreja Católica? Será que a ampliação de direitos das mulheres deixa a Igreja Católica sem pecadoras a quem perdoar e, portanto, reduz a clientela da confissão?

O puritanismo da Igreja entortou o eixo da discussão na sociedade, porque a discussão não é aborto sim ou aborto não, é aborto legal ou clandestino. Os abortos não vão deixar de existir, ninguém vai deixar de abortar por causa da clandestinidade. As mulheres que podem pagar farão o procedimento em melhores condições do que as que não podem, e as pobres vão continuar morrendo por práticas mal realizadas em lugares não esterilizados, como a mesa de uma cozinha. Nós, mulheres, já não queremos parecer a Virgem Maria, a quem a Igreja coloca como exemplo de mulher ou do que deveria ser uma mulher: submissa, escrava, servidora, que toma a obrigação dada por Deus como palavra, uma palavra escrita por homens, porque definitivamente a *Bíblia* foi escrita por homens, cuja subjetividade está sempre presente.

Nós, mulheres, tanto como todos os seres humanos, temos o direito fundamental à liberdade, um direito inegociável, algo que a Igreja Católica evita há séculos porque para tal instituição é o ser humano quem escolhe, mas Deus quem dispõe. Um discurso conveniente para a finalidade de outorgar depois o perdão aos pecadores, fruto de suas decisões equivocadas. Falam do livre arbítrio entendendo por essa expressão a liberdade das pessoas em escolher, mas depois expressam os acontecimentos que se sucedem como desígnios de um Deus intocável. Portanto, se uma mulher engravida porque o método contraceptivo que usou falhou, a gravidez é um desígnio de Deus sobre o qual não se pode escolher. É um paradoxo porque a liberdade chega até o desígnio de Deus. Fazer sexo é uma escolha, e, para a Igreja, um equívoco, fruto do pecado carnal, a menos que seja um ato realizado apenas para conceber.

Vivemos em um país onde existe a lei de fertilização assistida que permite congelar embriões para depois implantá-los. Uma lei que levou e leva à ilusão tantas mulheres e homens que querem ser pais e não conseguem naturalmente. Os embriões que não são utilizados naquele momento continuam congelados, porque a lei não diz nada a respeito. A partir dessa perspectiva, segundo o critério religioso, isso seria abortar a possibilidade de vida desses embriões? Não vejo diferença alguma com a prática de um aborto tanto com medicamentos quanto cirúrgico.

O desfecho dos embriões é ainda um assunto pendente, mas imagino que não podem ter outro futuro além do descarte. E há mais: quando uma prática de fertilização assistida acontece, em geral, não se implanta um único embrião, mas vários porque muitas vezes há rejeição, e o próprio corpo expulsa alguns. Aqui, a explicação poderia ser que ocorre um aborto natural, mas é sabido que isso ocorre, e, embora seja uma situação distante do aborto com medicamentos ou cirúrgico, sobretudo desse último, sabe-se que muitos embriões fecundados não vão prosperar no útero materno. Então, a discussão sobre se é vida ou não é vida que está em jogo é pobre porque as razões das escolhas humanas só pertencem à construção de suas próprias vidas. Portanto, nenhuma pessoa, governo ou instituição de tipo algum deveria opinar sobre as escolhas que uma pessoa faz em função do tipo de vida que escolhe viver.

A lei de fertilização surgiu para ajudar as pessoas a terem filhos. A lei do aborto deveria fazer o mesmo: ajudar as mulheres a não continuarem morrendo nas macas da clandestinidade, na agulha de tricô, ou a não continuarem empobrecendo para conseguir dinheiro que não têm para abortar em condições mínimas de segurança para sua saúde. As leis são para isso, para ajudar os cidadãos e estar a serviço deles a fim de estabelecer certa ordem e amparo. Como diz Natalia Ginzburg, no ensaio *O aborto*, escrito em fevereiro de 1975:

> A lei é obrigada, ou deveria ser obrigada, a atuar de maneira que as pessoas não destruam as demais ou a si mesmas. Mas tratam-se de pessoas e já não de possibilidades; porque na zona das possibilidades, escondidas no colo das mães, nem a lei, nem o código civil, nem a sociedade, nem os governos deveriam ter o mais mínimo poder de interferir.

A discussão sobre a legalização ou não do aborto, apesar de a lei não ter sido sancionada, deixou um saldo positivo na sociedade argentina. A abertura do debate *per se* foi positiva, porque tirou do armário um tema que até agora é tabu na Argentina. Deixou também informação e sororidade: hoje, uma mulher que queira abortar na Argentina, ainda que não seja legal, sabe que pode recorrer aos grupos de mulheres que apoiam a legalização e que vai ser ajudada. Além de, também, evidenciar que ainda grande parte da sociedade segue sendo patriarcal: só de escutar algumas exposições de senadores e senadoras contra a legalização dá para perceber isso, sem contar a demonstração de uma Argentina Boca-River, branco ou preto, e a necessidade de abrir rachaduras que nos separem como sociedade.

Mas o mais forte que essa discussão deixou e continuará como marca registrada de uma revolução é a maré verde que não pode ser contida e que ficará nas fotos da história argentina. Uma massa de mulheres pedindo autoridade sobre seus corpos e seus futuros; um pedido que não é nem mais nem menos do que o da liberdade.

O único poder válido é o "ser", e nós, mulheres, temos que nos conectar a esse poder para não dá-lo a nada nem a ninguém. Essa é a única forma possível de empoderamento.

14 | A MULTITAREFA NÃO ESTÁ JOGANDO CONTRA NÓS?

As mulheres são qualificadas como "multitarefas", termo que significa que conseguimos "fazer várias coisas de uma só vez". Longe de ser uma condição biológica, é uma habilidade que muitas de nós adquirimos por necessidade.

Nos tempos da minha avó, há setenta anos, poucas mulheres trabalhavam fora de casa. As que trabalhavam, geralmente, eram mulheres com menos recursos, que se dedicavam a tarefas, sobretudo, do ramo de serviços. Com o tempo, e graças às que foram incentivadas, começamos a realizar tarefas mais complexas fora de casa, e inclusive a ir para a universidade. Mas nunca deixamos de nos ocupar das tarefas domésticas e do cuidado dos filhos, e isso nos obrigou a adquirir a capacidade de fazer várias coisas ao mesmo tempo para não morrer na tentativa de erguer a cabeça em um mundo no qual não era permitido que uma mulher fizesse algo mais do que ser mãe e esposa.

Que mulher nunca se sentiu poderosa depois de um dia produtivo de trabalho, de buscar os filhos no colégio, de levá-los para as atividades extracurriculares, de ter dado instruções em casa para as refeições, de ter a agenda da semana organizada, de comprar presente para os amigos das crianças que fazem aniversário e saber o que vão vestir na festa que têm no fim de semana, ou de ter escrito mais um relatório pedido pelo chefe, ou de ter estudado o *script* se é atriz, ou de adiantar um capítulo no planejamento realizado se é escritora. Experimentei essa situação em minha vida, e a sensação é de poder, satisfação e paz. Também de esgotamento. Mas não vivemos todo o tempo sob essa sensação, pois, na verdade, toda essa atividade pode ser muito esmagadora, estressante, e pode, também, se transformar em angústia.

De fato, nós, mulheres, temos fama de poder fazer várias coisas de uma só vez. De organizar a sequência descrita anteriormente ao mesmo tempo em que estamos em uma conferência telefônica, mandamos mensagens para o grupo de mães do colégio, fazemos a lista do supermercado, organizamos as atividades do fim de semana e pensamos nas coisas que temos que pagar, entre outras atividades infinitas. Nem por isso perdemos a capacidade de escutar o que está sendo falado na conferência telefônica. Mas o que aconteceria se, em vez de fazer outras coisas, apenas escutássemos o que é falado na conferência telefônica? Como isso repercutiria em nossa efetividade e até mesmo no nosso crescimento profissional?

O Fórum Econômico Mundial, que habitualmente publica estudos e artigos sobre gênero, e até um relatório anual sobre como a diferença de gênero vai evoluindo em cada país do mundo, diz em um artigo publicado em 3 de outubro de 2016, cujo nome em inglês é *3 sexist myths about the brain, debunked* (3 mitos sexistas sobre o cérebro, desacreditados):

> As mulheres são melhores na multitarefa. Essa teoria se baseia no fato de que os lados esquerdo e direito do córtex cerebral ("o cérebro superior") estão mais densamente conectados no cérebro de uma mulher do que no de um homem. Isso significa que a informação pode unir os dois hemisférios de maneira mais efetiva. Por outro lado, os homens tendem a ter mais conexões de frente para trás dentro de um hemisfério. Mas, na realidade, nenhum cérebro humano funciona muito bem quando são realizadas múltiplas tarefas e acabamos fazendo cada tarefa em menor medida do que se as abordássemos individualmente. Em um

estudo com 120 homens e 120 mulheres, a multitarefa reduziu o rendimento em 77% nos homens, contra 66% nas mulheres. As interrupções constantes também podem levar a um aumento do estresse e, em alguns ambientes — como dirigir, voar ou fazer cirurgias —, há graves riscos de segurança. É melhor para nós nos afastarmos da multitarefa e nos centrarmos em cada atividade de maneira completa e sequencial.

O artigo desmistifica também que os homens são melhores para o trabalho em equipe, e que nós, mulheres, somos mais intuitivas e inteligentes emocionalmente. Termina dizendo o seguinte:

> Claramente, existem diferenças importantes em como cada um de nós se envolve em tarefas críticas de liderança, mas o gênero não é uma explicação para elas. As descobertas da ciência do cérebro são matizadas e não necessariamente deterministas e, portanto, não respaldam explicações fáceis dos estereótipos de gênero. É hora de irmos além do neurossexismo e criar um ambiente ao longo da vida em que ambos os gêneros possam florescer.

Como escreveu Gina Rippon, professora de imagens cognitivas na Universidade de Aston:

> A noção de que nossos cérebros são plásticos ou maleáveis e, o que é mais importante, continuam sendo assim ao longo de nossas vidas é um dos avanços-chave dos últimos quarenta anos na nossa compreensão do cérebro. Diferentes experiências a

curto e a longo prazo mudarão a estrutura do cérebro. Também foi demonstrado que as atitudes e as expectativas sociais, como os estereótipos, podem mudar a maneira com a qual o cérebro processa a informação. Supostamente, as diferenças cognitivas nas características do comportamento e as habilidades cognitivas mudam com o tempo, lugar e cultura, devido aos diferentes fatores externos experimentados, como acesso à educação, independência financeira e inclusive dieta.

Cansei de escutar alguns médicos argentinos reconhecidos apelarem para a neurociência para descrever e justificar os estereótipos culturais. Estou convencida de que, sem contar as diferenças sexuais e reprodutivas, homens e mulheres podem fazer, pensar e sentir o mesmo, e o comportamento deriva das crenças profundas adquiridas no âmbito em que o ser humano se desenvolva.

Como dizem claramente o artigo do Fórum Econômico Mundial e tantos outros estudos que estão sendo feitos no mundo inteiro, a multitarefa é um estereótipo a mais, uma característica cultural desenvolvida ou não pela necessidade de as mulheres erguerem a cabeça em um mundo de homens e de tentar demonstrar que nós, mulheres, podemos. Mas de forma nenhuma é uma capacidade biológica da mulher. O cérebro muda constantemente em função das experiência vividas e fornece, como um dos exemplos, a independência financeira à qual a ONU Mulheres dá importância vital como chave principal do empoderamento da mulher.

Mais uma vez, no conceito de multitarefa, trago o conceito de produtividade exposto no capítulo: "De quem é a tarefa de imaginar esses homens?", porque se as pessoas pudessem se ver integralmente e em igualdade de condições e manter em equilíbrio, em termos de alocação do tempo e interesse, todos os aspectos de nossa vida (trabalho, família, filhos, hobbies, relacionamento), o significado de "produtividade" mudaria só porque se acomodaria ao tempo do que é importante.

"As mulheres escrevem diferente dos homens. Temos muita conversa doméstica ou pessoal. As mulheres se sentem confortáveis falando de coisas pessoais. Ao contrário dos homens, elas contam mais coisas e têm muito mais problemas em comum. Uma coisa interessante é que, desde sempre, as mulheres compraram livros escritos por homens, e se davam conta de que não eram sobre elas, mas continuaram fazendo isso com grande interesse, porque era como ler sobre um país estrangeiro. Os homens nunca retribuíram a cortesia."

Elvira Lindo
(fragmento lido por Inés Garland,
na primeira temporada de Alabadas)

15 | OS HOMENS NÃO RETRIBUÍRAM A CORTESIA

"Sua equipe está fraca de mulheres", disse a ex-diretora do FMI, Christine Lagarde, ao ministro da Economia da Argentina e pediu ao governo que fortalecesse a agenda de gênero.

Em 6 de junho de 2018, entrevistei Michelle Bachelet, ex-presidenta do Chile. Bachelet foi citada pela *Forbes*, em 2017, como a política mais influente da América Latina, e entre as vinte mulheres mais influentes do mundo. A ex-presidenta conta que tanto na Primavera Árabe quanto no movimento dos Indignados na Espanha, ou com Mandela, na África, as mulheres, como já sabemos, saíram às ruas para lutar pelos direitos de todos, ao mesmo tempo em que os homens.

Na hora de fazer as listas de reivindicações e diante do desejo de muitas mulheres de serem parte daquele processo, eles respondiam: "Não é o momento das mulheres, é o momento da democracia", como se lutar pelo direito das mulheres não fosse parte da democracia, e como se não fizéssemos parte do país. Como se as mulheres formassem uma categoria diferente.

Na África do Sul, um grupo de mulheres disse para Mandela: "Nós lutamos com vocês nas ruas, não vamos voltar para a cozinha". Os números demonstram que se nós, mulheres, fizéssemos parte do mundo do trabalho na mesma proporção que os homens, e se ocupássemos as posições de poder em total paridade, o PIB mundial cresceria de maneira exponencial, em um mundo em que a economia não cresce há alguns anos. Mas parece que os homens não querem ouvir esses argumentos, porque mesmo na Islândia, que é o país que mais se aproxima da paridade de gênero, as CEOs das empresas continuam sendo 6%, mesma taxa que no restante do mundo, ainda que os demais indicadores, como participação política e paridade social, estejam muito bem. Inés Garland diz em um texto de sua autoria, lido no lançamento de Alabadas:

> Sabe-se que os meninos se afastam das capas de livros que têm meninas como protagonistas, enquanto as meninas demonstram igual interesse por capas que há um menino ou uma menina. Grace Paley, escritora norte-americana, tinha razão quando dizia que há anos nós, mulheres, lemos livros escritos por homens, com protagonistas homens, e que já era mais do que hora dos homens retribuírem a cortesia. Várias vezes me perguntam se escrevo literatura feminina ou se existe literatura feminina. Por trás dessa pergunta está a certeza que, se eu escrevo literatura feminina, meus livros são para mulheres. E por trás dessa certeza há uma conotação negativa. Não é hora de que a pergunta seja sobre o motivo dessa conotação negativa e sobre o motivo pelo qual um livro escrito por uma mulher com uma protagonista feminina exclua os homens da leitura, quase sem questionamento?

Todas as escritoras que entrevistei têm a mesma opinião, e não foram só escritoras argentinas, mas também do Chile, do Peru e da Espanha. Parece que um livro escrito por mulheres é unicamente para mulheres, ainda que haja protagonistas masculinos na história. "Por outro lado, um livro escrito por homens corresponde à literatura universal, ainda que a protagonista seja uma mulher", comenta Carla Guelfenbein, escritora chilena cujos livros foram traduzidos para mais de quinze idiomas e ganhadora do Prêmio Alfaguara de Romance 2015. Elvira Lindo, autora da frase que deu nome a este capítulo, conta na entrevista que muita gente entra em contato com ela para falar de seu marido, Antonio Muñoz Molina, membro da Real Academia Espanhola e homenageado em 2013 com o Prêmio Príncipe de Astúrias das Letras. Elvira é uma escritora muito reconhecida, colunista do *El País* e criadora do *Manolito Gafotas* — uma série de oito livros que conta a história de um menino que usa óculos por causa de uma miopia — e se destaca pela caracterização de personagens típicos da sociedade espanhola. Uma mulher com trajetória e importância próprias, mas que, para muitos, é só a esposa de Antonio Muñoz Molina.

Até agora, os homens não retribuíram em nada a gentileza, em pleno século XXI. Não nos retribuíram a gentileza em nenhum âmbito que historicamente tem sido propriedade deles. Nos eventos que tratam da paridade de gênero, é curioso ver a escassez de homens (falamos de 90% de mulheres e uns 10% de homens), mesmo quando esses eventos são organizados por meios de comunicação com os quais eles se sentem identificados. Pierre Guignard, embaixador da França na Argentina, conta que, ao chegar a Buenos Aires, leu sobre o movimento Nunca sem Elas, que convida para que os debates não sejam feitos apenas entre homens, mas que sempre contem com a presença de mulheres. Em sua entrevista, Pierre Guignard lembra que implementou isso na Embaixada e, em uma reunião com seus colegas da União Europeia na Argentina, falou sobre o que estava fazendo e sugeriu que os demais fizessem o mesmo — os presentes o olharam como se fosse um extraterrestre. Alguns perguntaram, assombrados, do que ele estava falando. Parece que nós, mulheres, tampouco entramos nas relações internacionais, mesmo depois que foi demonstrado pela ONU Mulheres que quando atuamos nos processos de paz no mundo, por exemplo, os resultados obtidos são melhores.

O fato de uma mulher ocupar a presidência do FMI fez com que Lagarde exigisse, entre outras coisas, que fosse aprofundada uma agenda de gênero para conceder o empréstimo à Argentina. Isso demonstra que as mulheres serão chave para alcançar o crescimento da economia do mundo. Nós, mulheres, pela cultura na qual crescemos, desenvolvemos o costume ou a habilidade de cuidar e de proteger e, como consequência, temos um olhar mais inclusivo. Teresa Constantini, diretora de cinema, diz na primeira temporada de Alabadas:

> As pessoas no meu *set* trabalham contentes porque nós, mulheres, nos preocupamos com as pessoas que trabalham no *set* se alimentem bem, que tenham um banheiro limpo para ir, que tenham as horas de descanso que merecem. Uma mulher presta mais atenção a certas necessidades, porque seu conceito de produtividade é diferente. Por outro lado, o olhar masculino tradicional não presta atenção a esses detalhes porque, segundo seu modo de ver, isso promove mais gastos e não traz efetividade ao processo produtivo. O olhar da mulher, produto da cultura, muitas vezes é mais integral do que o dos homens.

Os homens não retribuíram a gentileza só na literatura, mas tampouco na concepção do que é mercado. Há pouco, no jantar anual da Cippec, a fundação de mais prestígio na Argentina na elaboração de políticas públicas, resolvemos realizar um manifesto sobre o tema. Um dos pontos do manifesto, para mim, altamente preocupante para o futuro do nosso país, é que, em vinte e cinco anos, a maioria da população argentina será composta por idosos, e, se não aumentarmos a base de trabalhadoras, não será possível sustentar essa população. Se o governo pudesse ver que somos a chave nesse processo, poderia não só incentivar as empresas a contratarem mais mulheres, mas também a colocar mulheres em mais áreas importantes, como economia e finanças, para delinear políticas e fomentar o incremento do mercado de trabalho. Não faltam mulheres capacitadas e, imagino, com vontade também. Mais mulheres, mais produção, mais consumo, maior crescimento. Como expus no Capítulo 1, o ex-presidente Macri apresentou um projeto de lei de paridade de gênero no trabalho. Uma lei que não tem nenhuma sanção caso a empresa não a cumpra, e isso a torna fraca e facilmente esquecida.

Os homens não retribuíram a gentileza porque, para eles, a mulher não tem a mesma capacidade e, portanto, não tem a mesma autoridade. Eles são os encarregados de dizer: "Isso é coisa de mulher" ou, pelo contrário, "Isso é coisa de homem", e enquanto esse pensamento persistir, não haverá mudança possível. A mudança surgirá quando todos os assuntos forem igualmente de homens e de mulheres. Quem vai pensar que a política monetária de um país é coisa de mulher quando nós somos as primeiras a querer que nossos filhos homens tenham as melhores possibilidades. E o que falar do Ministério da Educação, por exemplo, quando a maioria das educadoras do país são mulheres, e é em nós que recai, por dever social, o papel de educar.

Visto dessa forma, o mundo do poder deveria ser composto por mulheres, já que se o papel preestabelecido pelo dever social é o de que somos nós que criamos os filhos, deveríamos ser nós a saber o que convém para eles. Mas o foco está sempre colocado no dinheiro, e, por dever social-histórico, o dinheiro é propriedade dos homens, e é isso o que temos que mudar. Em alguns países, as mulheres ainda não podem ser proprietárias e não podem ter uma conta bancária sem o aval do pai ou do marido.

Já mencionei que o mundo foi criado sob a voz masculina e, lamentavelmente, continua sendo assim. Mas nós, mulheres, nos fazemos escutar, como aconteceu nos últimos dias com a lei de interrupção voluntária da gravidez na Argentina e em outros países do mundo, ou em cada 8 de março, já há uns três anos, quando saímos em massa para as ruas, com o movimento Nenhuma a Menos, na Argentina; o Me Too, nos Estados Unidos; o Trem da Liberdade, na Espanha, entre outros.

Sem dúvida, ainda há muitos ouvidos surdos que não querem escutar sobre a enorme adequação de muitas mulheres que seriam capazes de mudar a história caso um homem no poder lhes cedesse um lugar.

Na entrevista que fiz em Nova York, em abril de 2017, Claudia Salazar Jiménez conta que, na Feira do Livro em Lima, no Peru (ela é peruana, mas vive em Nova York, trabalha na NYU e é escritora), pediram que ela organizasse um painel de mulheres escritoras. Claudia fez isso, e o espaço que tinham lhe cedido, um pouco escondido dos eventos principais, encheu de gente. Bom, na verdade, as mulheres eram maioria. Pediram a mesma coisa no ano seguinte, e ela se negou, porque disse que não organizaria algo que terminaria sendo um gueto de mulheres; que juntar mulheres era incluí-las na literatura universal, misturadas com os homens para acabar com o preconceito que diz que as mulheres escrevem só para mulheres.

Nas análises estatísticas que fazemos em Alabadas, sobre quem assiste aos episódios da série, a porcentagem é contundente: 90% de mulheres, 10% de homens. Um dado muito curioso é que, às vezes, publicamos os trailers dos episódios no LinkedIn. Na segunda temporada, há um episódio que é só de homens, no qual é expressado quais são as crenças profundas que eles têm que desafiar para dar lugar às mulheres. É o episódio com mais recomendações, em uma proporção de 30 a 7 em relação a episódios nos quais aparecem só mulheres ou que são mistos. Minha grande dúvida é se a recomendação acontece porque chama atenção essa postura em um homem, algo como um tipo de "olhem isso", ou se, verdadeiramente, a voz masculina, tanto nesse tema quanto em todos, continua sendo mais relevante para a sociedade.

É curioso que os homens sequer tenham interesse pelo mundo interior das mulheres, porque em suas mentes ainda não estamos na mesma categoria que eles, ainda que não seja uma postura consciente ou um olhar deliberado. Acredito que, muitas vezes, eles sequer questionam e até riem das mulheres que se interessam em crescer. Coisas de homens ou coisas de mulheres, mas qual é o escopo compartilhado?

No jantar anual da Cippec, quando projetamos o manifesto que eles fariam em conjunto com a Alabadas, parei para ver o que os homens que estavam ao redor faziam, e descobri, para minha tristeza, que a maioria olhava o celular. CEOs de empresas muito importantes, os quais conheço e se vangloriam de ter políticas de gênero e de implementá-las; políticos, sindicalistas que ignoravam completamente a voz das mulheres nas recomendações de políticas públicas que fomentassem sua integração. No mesmo jantar, quando a diretora executiva do Cippec, Julia Pomares, estava discursando, um discurso que merecia ser escutado não só por respeito, mas também pelo conteúdo que era muito interessante, tive que pedir aos homens que ocupavam a mesa atrás da minha que se calassem e nos deixassem escutar.

Se os homens não leem os livros escritos por mulheres, não vão a eventos que tratam da paridade de gênero, não nos levam em conta na hora de escolher ministros em posições-chave em que o orçamento é grande e pode mudar rumos... Como farão para nos ver como iguais? Não é hora de vocês, homens, revisarem os deveres sociais construídos? Não é hora de dar um sentido diferente à palavra "masculinidade"? Não é hora de entender e assimilar que nós, mulheres, podemos ocupar os mesmos lugares que vocês, e que somos iguais? Sim, somos iguais! Em todo caso, pelo menos por cortesia, vocês deveriam começar a pensar no assunto.

Foi um desafio entrevistar *millennials* porque, quando elenquei as perguntas, não fiz isso pensando nelas, mas em mulheres da minha geração, um pouco adiante e um pouco para trás, mas não nelas. Percebi que não havia pensado que elas nasceram em uma sociedade um pouco mais livre do que nossa geração. Mas, para minha surpresa, embora algumas perguntas não correspondessem à idade — e, é claro, não foram feitas —, algumas respostas, que estavam adequadas à idade, eram iguais às de todas as outras mulheres, inclusive das que já rondavam os setenta anos.

Dá para imaginar qual era a resposta quando a pergunta era o que mais as incomodava nos homens?

Talvez você tenha acertado: "Não se sentirem escutadas", "Que sua opinião diante deles parecia ser inválida".

16 | AS *MILLENNIALS* COMO EIXO DE MUDANÇA

"A nova geração já entendeu", opina María O'Donnell.

Eu não acredito nisso. É possível que, em alguns setores mais progressistas e nos grandes centros urbanos, como Buenos Aires, haja uma parte dos adolescentes e dos jovens que entendeu, talvez porque tenha vindo de famílias mais abertas, nas quais a igualdade realmente é praticada. Mas em outros setores, menos educados e mais conservadores, e sobretudo no interior do país, o patriarcado ainda persiste como base da educação.

Esteban Aranda, diretor do Departamento de História do Ensino Médio do Colégio San Andrés, diz:

> Ainda escuto construções machistas por parte dos meninos e das meninas. Há certo consenso no discurso sobre a igualdade, mas quando afloram respostas mais inconsistentes, os deveres sociais patriarcais saem. Entre o dizer e a assimilação concreta da igualdade, ainda há um caminho a ser percorrido.

Há um tempo, Esteban me convidou para dar uma palestra aberta no colégio sobre como romper com os deveres sociais patriarcais para jovens entre quinze e dezessete anos. Como costuma acontecer, a plateia era, em sua maioria, feminina. Havia um grupo de rapazes que conheço, e me surpreendi agradavelmente que estivessem ali. Em um momento da palestra, pedi que alguns dos presentes contassem uma história que, sob sua perspectiva, os tivesse marcado quando crianças na definição construída, no seio de suas famílias, o que significava ser homem e o que significava ser mulher. É um exercício que habitualmente faço em minhas oficinas e conferências. Uma das professoras presentes lembrou que, quando ia ao jardim de infância, as crianças tinham que relacionar, com setas, as atividades feitas pelo pai e as que eram feitas pela mãe. Como sua mãe trabalhava fora de casa, ela ligou a figura materna com alguma imagem de trabalho fora do lar. A professora então lhe disse que aquilo estava errado. Enquanto contava, seus olhos se encheram de lágrimas e sua voz ficou entrecortada. Depois, disse que essa atitude da professora realmente tinha causado danos e marcado sua vida.

Uma das meninas contou que, em sua família, a mãe trabalhava fora, e o pai ficava em casa, e isso fazia com que ela se visse diferente do resto, que quando era menor não gostava de se sentir diferente do grupo, mas que havia aprendido a aceitar essa situação e entendido que não tinha problema que fosse assim. Outra garota contou que, em sua família, eram cinco irmãos, e durante toda a vida tinha visto a mãe ocupar-se de levar e trazer os filhos, e isso a havia ajudado a determinar que não queria o mesmo para si. Um dos rapazes contou que, na família dele, há uma história contada como piada, na qual o avô, na noite de núpcias, fez a avó experimentar sua calça e lhe disse: "Peço que vista minha calça para que veja como é usá-la e entenda quem é que vai vesti-la na família". Outra menina contou que, um dia, seu pai a levou a um restaurante frequentado por advogados e, ao voltarem para casa, ele disse que quando ela crescesse seria secretária, porque as mulheres no escritório do pai eram secretárias, não havia advogadas.

Se isso não é uma construção de dever social, o que é? Há algo mais poderoso do que esse tipo de história que todos já vivemos e que determinam quais são as crenças construídas do que significa ser homem ou mulher, e as lentes através das quais olhamos e interpretamos o mundo? Não somos conscientes de como o que fazemos e falamos produz deveres sociais em nossos filhos. Todas as pessoas que entrevistei, tanto na primeira quanto na segunda temporada, falam da importância da educação. No mundo inteiro se fala da importância da educação, cujo terreno não se circunscreve só ao colégio, mas também, e muito essencialmente, inclui a família.

Os mesmos modelos continuam sendo reproduzidos nos diferentes âmbitos, porque esses jovens vão a um colégio cuja formação acadêmica é de excelência e lhes ensina a desafiar pensamentos e construções tradicionais, graças a professores como Esteban Aranda e outros que, entendo, são poucos. A educação com perspectiva de gênero não existe enquanto projeto na Argentina, e depende que os professores, por *motu proprio*, desenvolvam essa perspectiva. Ainda que a perspectiva de gênero estivesse no currículo escolar (acredito que não esteja, exceto na lei de educação integral de saúde sexual e reprodutiva que não foi implementada), são os professores que precisam mudar o olhar e trabalhar em seus próprios deveres sociais e preconceitos para que o discurso e os fatos concretos possam ajudar os jovens que estão formando.

É importante que as crianças e os jovens entendam que ampliar direitos não implica perdê-los. Não se é mais homem porque as mulheres têm menos direitos, o que leva a um fato pontual: não se é mais homem por ganhar mais dinheiro que uma mulher, e tampouco menos homem se a situação é inversa.

Na entrevista que fizemos, Bachelet se pergunta em que momento a capacidade de liderança é arrancada das meninas: ela conta que nas diversas visitas que fez aos jardins de infância, as meninas sempre, sempre, sempre se destacam em relação aos meninos. O que acontece é que, ao redor da puberdade, quando elas começam a ganhar mais ímpeto, se são líderes, são chamadas de "mandonas", de "bruxas" ou de "escandalosas", enquanto os meninos são incentivados. É claro que ninguém gosta que sua atitude seja desmerecida e, diante disso, as meninas abandonam esse papel porque é mais fácil se dobrar para o dever social de docilidade para serem aceitas por seus pares.

Quando somos meninas que se destacam, nossos pais e nossos familiares nos incentivam e nossos iguais, talvez, admirem essas características. Mas nas portas da adolescência, quando a identificação e o pertencimento são chave, as meninas e os meninos preferem pertencer a serem criticados e excluídos. Na cultura atual, a liderança por parte de uma mulher não é bem-vista desde tenra idade, e pouquíssimas são capazes de manter-se firmes em suas convicções, já que necessitam de apoio incondicional em suas casas, apoio de suas amigas e amigos e dos professores, mas, sobretudo, de muita convicção de que o que estão fazendo e de que a maneira como agem é a correta. Quando o contexto se transforma em força opositora, não é fácil para quem está ainda se formando conseguir se manter firme no propósito.

Na primeira temporada de Alabadas, entrevistei cinco *millennials* de sucesso: Justina Bustos, atriz; Agustina Fainguersch e Luciana Reznik, fundadoras da Wolox; Celeste Medina, fundadora da ADA; e Nicole López del Carril. As cinco têm entre vinte e cinco e trinta anos no máximo. Agustina e Luciana têm uma empresa com escritórios em vários países, Justina Bustos é atriz reconhecida, que conquistou grande popularidade em 2017, quando atuou como protagonista de *Las estrellas*, uma novela sobre cinco irmãs. Celeste Medina foi premiada e escolhida para presentear Obama em sua visita à Argentina, e Nicole López del Carril está fazendo mestrado em Paris. Com tão pouca idade, já morou nos Estados Unidos, em Abu Dabi, na Jordânia e na Suécia — nos últimos três países, por escolha.

Cinco mulheres com diferentes criações e que cresceram em ambientes diferentes, cujo fator em comum foi que seus pais as estimularam a ser o que quisessem e a seguir o próprio desejo, e não permitiram que as forças opositoras do contexto as dobrasse. Justina Bustos contou que, quando fez a primeira capa para uma revista muito conhecida, o fotógrafo insistia para que abrisse um botão da camisa, bem na altura do peito, para parecer mais sexy. Ela disse que não queria fazer isso, que queria que o público a julgasse por ser boa atriz e não como um objeto sexual. Ele retrucou: "Mas como? Você não quer vender? Ninguém vai olhar para você desse jeito". Quando a revista saiu nas bancas, tinham aumentado os seios dela no Photoshop. Perguntei o que ela fez, e ela respondeu: "Nada, porque se eu fizesse alguma coisa, ficaria sem a capa de uma revista que vende muito. Como encrenquei, as outras revistas dificilmente iam me chamar e eu cairia no esquecimento, e meu propósito é atuar".

Esse é um claro exemplo de um contexto que hoje se apresenta mais amigável para que uma Justina Bustos levante a voz. Tempos atrás, no entanto, todos a teriam culpado e a teriam chamado de mentirosa, porque o poder das crenças arraigadas profundamente na cultura tende a dar sempre a razão para o homem e a culpar a mulher.

Elas entenderam que não têm limite de crescimento, mas ainda se encontram com obstáculos, ainda que — ao contrário da nossa geração — sejam conscientes de que as diferenças de gênero existem. Nicole López del Carril contou que resistia à ideia de se mudar para a Suécia por causa do namorado que tinha conhecido quando vivia na Jordânia. "Me parecia pouco feminista mudar de país por causa de um homem. Depois entendi que o amor e o feminismo podem ir de mãos dadas, e que mudar do lugar em que vivia por decisão de ambos não era motivo para eu perder minha liberdade."

Luciana Peker chama esse movimento de "a revolução das filhas", porque hoje são elas, e cada vez mais, que saem às ruas e levantam a voz para mudar essa cultura patriarcal opressiva. Hoje, grande parte das adolescentes e das jovens não se amedrontam com nada nem com ninguém. As garotas entenderam que não querem que o mundo continue sendo masculino e lutarão por isso. Com certa cegueira e inocência dadas pela inexperiência, saem para conquistar um mundo que ainda não mudou tanto assim, e serão elas as artífices da verdadeira revolução feminista.

"A economia é a ciência para preservar o amor. A ideia básica diz: o amor é um bem escasso. É difícil amar nossos semelhantes, sem falar naqueles que não se parecem tanto conosco. Por conseguinte, temos que economizar o amor e não o desperdiçar sem necessidade. Se ele for utilizado como motor para impulsionar nossas sociedades, não sobrará nada para usarmos em nossa vida privada. É difícil encontrar o amor, e mais difícil ainda mantê-lo.

Por esse motivo, os economistas concluíram que necessitamos que outra coisa sirva como fundamento organizativo da nossa sociedade.

Por que, então, não recorremos ao egoísmo, em vez do amor? Esse não parece ser um bem escasso, pois é encontrado em abundância."

Katrine Marçal, em
O lado invisível da economia: uma visão feminista

17 | DEVOLVER A HUMANIDADE

Sua voz foi alterada durante o julgamento e seu rosto foi coberto com um manto para manter o anonimato. Ela contou ao tribunal que ficou presa em um pavilhão esportivo no centro da cidade de Foca, junto com outras cem mulheres e meninas, e que os militares sérvios as estupravam diariamente.

Ela descreveu como os soldados chegavam à noite e apontavam quais mulheres desejavam: "'Você, você e você...', e as garotas tinham que ir. Nos tratavam como gado, como animais. Vi como as mulheres eram levadas e não sabia se elas voltariam", declarou.

O relato da testemunha noventa e nove deu uma voz a todas as vítimas da violência sexual relacionada com o conflito da Bósnia, cujo total é estimado entre vinte mil e quarenta mil, segundo um artigo publicado pela ONU Mulheres em 2012, depois de mais de uma década da declaração daquela testemunha perante o Tribunal Penal Internacional de Haia para a ex-Iugoslávia. O feito histórico desse tribunal, baseado no impacto desse testemunho, foi o de julgar o estupro como crime de guerra.

O artigo prossegue:

> A Bósnia já não está em guerra, mas ainda não está em paz. Quando as mulheres que sobreviveram ao campo de estupros de Foca voltaram para a cidade depois da guerra para colocar uma placa rememorativa no edifício em que tinham estado presas e tinham sido torturadas e estupradas, os habitantes do local rodearam o veículo e as impediram de se aproximar do lugar. Dezesseis anos depois de finalizada a guerra, o *status* das sobreviventes dos estupros e de outras formas de violência sexual durante o conflito ainda não foi abordado e continua pesando sobre as

mulheres. Ainda há um forte estigma que rodeia as vítimas dos estupros e as muitas crianças que foram concebidas como resultado desses atos, e as mulheres continuam sofrendo às margens da sociedade. No âmbito do programa regional sobre Mulher, Paz e Segurança, a ONU Mulheres vem dando assistência às sobreviventes, para que reconstruam suas vidas e olhem para o futuro, e também vem respaldando o processo dos julgamentos dos casos de estupro durante a guerra.

"Nosso trabalho é tentar devolver a humanidade para elas, com apoio psicológico e, sobretudo, fornecendo o contexto para que possam falar e reconstruir a vida no trabalho e na família", diz María Noel Vaeza, diretora de programas da ONU Mulheres para o mundo. A situação da mulher em nível mundial ainda é muito frágil, porque em muitas sociedades persistem certas práticas que aprofundam sua degradação desde a infância. As mutilações genitais, durante as quais muitas meninas morrem de hemorragia, ainda são realizadas como prática habitual e são símbolo de *status* social em países da África, os matrimônios infantis, nos quais meninas entre nove e onze anos são entregues a homens com o triplo da idade delas em troca de dinheiro. Mulheres e meninas cuja vida não vale nada mais do que sua capacidade de reprodução e que em seus "casamentos" têm todos os seus direitos sistematicamente violados. Esse tipo de prática não acontece só em países da África, mas também em alguns lugares da América Latina, Ásia e Europa, cujos modelos são reproduzidos e foram expandidos por migrantes.

Sem ir tão longe, o tráfico de mulheres é um flagelo mundial. Mulheres que, por necessidade, caem nas garras de pessoas que as exploram sexualmente, jovens que vão em busca de um destino e são sequestradas e transformadas em trabalhadoras sexuais. Mulheres que têm sua vontade quebrada pela violência e pelas drogas e cujo ser desaparece para transformar-se em um objeto que os clientes usam, arrebentam e estupram à vontade. Só na Argentina, em cinco anos, de 2012 a 2017, foram realizadas 12.315 denúncias, das quais 2.791 ocorreram em 2017.

Dessas 2.791, 1.241 foram de exploração sexual. Na Argentina, desde 2008, é proibida a publicidade do trabalho sexual nos meios de comunicação tradicionais. Eram os chamados "rubro 59". Mas quem escolhe trabalhar com prostituição consegue divulgar seu trabalho com panfletos na rua.

A comunicação aberta promove essa atividade e não distingue de modo algum quem exerce a prostituição por escolha ou quem faz isso por ser vítima do tráfico.

O verdadeiro dilema da liberdade se apresenta na prostituição em si, mas acredito que poderia haver uma solução se cada cidadã pudesse desenvolver-se, educar-se e ter possibilidades em relação ao futuro. Muitas mulheres escolhem a prostituição como meio de vida, mas teriam feito isso se tivessem nascido em um contexto que lhes desse oportunidades de se realizarem em algo que desejavam? De meninas que sonhavam ser?

Os bosques de Palermo, na cidade de Buenos Aires, perto das sete da noite, ficam repletos de travestis e prostitutas que vendem serviços sexuais. É incrível ver o número de carros que toda noite passa para vê-las e contratar seus serviços. A pobreza e a falta de oportunidades tanto para as mulheres como para as travestis e as transexuais são causas importantes da prostituição e do tráfico, e enquanto as condições sociais e econômicas não mudarem, esses abusos continuarão ocorrendo.

Enquanto estamos discutindo a legalização do aborto na Argentina, a Espanha, um passo a frente, discute a legalização ou não dos úteros de aluguel. As feministas espanholas se opõem terminantemente à aprovação de uma lei que legalize o aluguel de úteros, ou a barriga de aluguel. Mais uma vez, as mulheres se apresentam como recipientes de outros e outras, por meio de uma transação comercial. A prostituição e o aluguel de úteros são expressões da feminização da pobreza.

A importância de trabalhar nos vieses culturais implica que nós, mulheres, desde meninas, cresçamos em um ambiente que nos valorize como seres humanos em total igualdade com os homens. Que possamos sentir, pensar, sonhar e ter forças para construir um futuro que não nos exponha a nenhum tipo de abuso.

Está demonstrado no mundo inteiro que as mais pobres são as mulheres. De fato, em todo o mundo, só 40% das mulheres têm acesso a uma conta bancária.

Gerar um contexto social no qual as mulheres possam se desenvolver profissionalmente sem cair na servidão, que é quase uma expressão da escravidão em muitíssimos casos, ou na mercantilização de seu corpo, é responsabilidade do Estado, mas também de toda a sociedade que garante, com seu comportamento, que essas maneiras de sobrevivência continuem existindo. Na Argentina, veneramos quem teve filhos por meio de uma barriga de aluguel. O exemplo mais evidente é o do apresentador de televisão Marley. Não tenho nada contra ele, não o conheço pessoalmente e, pelo que escuto, é uma pessoa muito querida no ambiente artístico. Mesmo assim, me incomoda que a sociedade tome como exemplo os meios utilizados por ele e por outros personagens públicos para conquistar a paternidade ou a maternidade. Marley me parece um exemplo de maneira de exercer a paternidade, exemplo que muitos homens deveriam imitar: responsabilizar-se do filho desde o momento do nascimento em todos os aspectos que têm a ver com a criação, a educação e o desenvolvimento. Desde alimentá-lo até levá-lo a viagens de trabalho e demais cuidados que as crianças precisam. O que não me parece adequado é que o aluguel de úteros se propague como um exemplo a seguir, inclusive quando quem cedeu o ventre para esse menino tenha feito isso por escolha.

Li muitas histórias de mulheres que se tornaram barriga de aluguel, e todas têm objetivos monetários com propósitos nobres subjacentes a essa escolha. Uma das de que me lembro desejava dar aos filhos uma educação melhor, por exemplo. Mas, muito além dos motivos, que certamente sempre são louváveis, tanto quanto os daqueles que têm o desejo de serem mães ou pais, há um corpo vendido para gestar um ser que deverá desprender-se dele no momento do nascimento, ainda que todo o processo seja realizado sem violência e com a maior contenção emocional e afetiva. No caso do apresentador de televisão, ele mesmo permitiu que o bebê fosse colocado nos braços de quem o levou em seu ventre, e até os filhos da mulher o conheceram. A pergunta é: se essas mulheres tivessem a solvência econômica que lhes permitisse fazer o que desejassem, elas continuariam escolhendo essa prática da mesma maneira?

Já está bem demonstrado e comprovado no mundo inteiro que a liberdade econômica é poder, e isso também é verdade para as mulheres. O quanto uma mulher pode escolher que tipo de vida quer viver depende em grande medida do dinheiro que ganha para poder tornar essa vida possível. O problema é que, nas sociedades patriarcais, os "donos" do dinheiro são os homens. Como crença social instalada e como um fato, não só os homens são aqueles que movem os fios das finanças do mundo, mas também os que por dever social têm o poder de ganhar dinheiro. De fato, se não fosse assim, nós, mulheres, não ganharíamos menos do que eles realizando a mesma tarefa e não seríamos as "pobres" no mundo inteiro. Em uma comunidade pobre, as mais pobres são as mulheres, e isso é demonstrado estatisticamente.

Atualmente, fala-se de empoderamento econômico das mulheres e, de fato, a ONU Mulheres coloca isso como uma das chaves para acabar com a violência de gênero. Por exemplo, a mulher que ganha dinheiro pode ir embora de casa e montar uma vida nova, por outro lado, a que não ganha não terá meios para fazer isso. Mas, para que isso seja possível, a mulher precisa ocupar espaços e demonstrar a si mesma que pode ganhar dinheiro com tarefas qualificadas, desenvolvendo sua profissão e ocupando postos de poder. A única coisa que temos que fazer é confiar em nós mesmas.

Margaret Atwood mostra isso muito claramente em *O conto da aia*, com crueldade e violência. Mas acontece que se limpássemos a sociedade atual de todo o resto e deixássemos unicamente as crenças sociais sobre o que significa ser mulher, nós nos encontraríamos com mulheres e homens que, talvez em seu imaginário, fingissem viver em uma sociedade como a da história.

Do mesmo jeito que acontece em *O conto da aia*, nós, mulheres somos consideradas recipientes reprodutivos e objetos sexuais.

Duas crenças centrais que a sociedade tem que ser capaz de mudar para que finalmente ambos os sexos se vejam como iguais. Expressões como "Fechem as pernas se não querem ter filhos" são símbolo de uma incrível opressão, porque não só contém em si a crença de que nós, mulheres, somos recipientes reprodutivos, como também aniquila a possibilidade de que gozemos no sexo e queiramos fazer sexo pelo prazer que isso produz em nós.

Devolver a humanidade implica garantir às mulheres o contexto adequado para seu desenvolvimento integral em direção à igualdade. Também implica que nós, mulheres, aprendamos a nos ver como iguais aos homens, e que nossa atitude não mostre falhas nesse sentido.

"Ninguém me observava nem me contemplava, só eu me observava e contemplava a mim mesma; a corrente invisível saía de mim para voltar para mim. Acabei amando a mim mesma com teimosia, como fruto do desespero, porque não havia mais nada. Um amor assim pode servir, mas só servir, não é precisamente o ideal, tem o sabor de algo que deixei no armário por tanto tempo que ficou rançoso e, ao comê-lo, o estômago revira...

E tanto era assim que, quando vi pela primeira vez o fluxo denso e vermelho de sangue da minha menstruação, não senti surpresa nem temor. Nunca ouvira falar daquilo, não esperava aquilo, tinha doze anos, mas sua aparição teve, para minha mente infantil, para meu corpo e minha alma, a força do destino cumprido, foi como se sempre soubesse, mas nunca me permitisse ter consciência daquilo, como se nunca soubesse como expressar aquilo em palavras... Também foi mais ou menos quando a estrutura do meu corpo e o cheiro do meu corpo começaram a mudar; apareceram pelos grossos embaixo dos braços e no espaço entre as minhas pernas, onde até então não havia pelo algum; meu quadril alargou, o peito se tornou mais consistente e ligeiramente avolumado no princípio e se formou uma profunda fenda entre meus dois seios; o cabelo da cabeça ficou comprido e suave, e ficou mais ondulado, os lábios adquiriram maior protagonismo no conjunto do meu rosto, eram mais grossos e tinham a forma de um coração perfeitamente perfilado... A visão das mudanças que se produziam em mim me assustou, só me perguntava que aparência eu finalmente teria, nunca duvidei de que gostaria totalmente do que quer que fosse que acabou me olhando no espelho..."

Jamaica Kincaid, em *Autobiografia da minha mãe*

18

ROMPENDO COM O MUNDO FÍSICO PARA CONECTAR-SE

Romper com o mundo físico implica conectar-se com o ser profundo, com quem somos de verdade. Nesse momento, toda diferença sexual e de gênero se desfaz, e não há nada mais do que igualdade entre seres humanos.

"Historicamente, as mulheres fazem os trabalhos", diz Paulina García. Ela recorda que nas poesias de Federico García Lorca aparecem mulheres estendendo roupa, bordando, costurando, remexendo a panela. Carolina del Río também diz algo parecido quando relata que as mulheres encontram a espiritualidade remexendo o cozido na panela ou costurando uma meia, do lado de dentro da porta de sua casa. Se perguntássemos às mulheres e aos homens qual é seu objetivo principal de vida, ambos diriam coisas como felicidade, paz, liberdade. Não mais do que isso e nada mais, nada menos do que isso. Mas, para alcançar a felicidade, a paz e a liberdade, é necessário romper alguns filtros internos, essas crenças que nos atrapalham o olhar, o tornam menor e o empobrecem; crenças formadas na infância, desde muito cedo, mesmo desde o ventre. E para quem acredita na filosofia oriental e no carma, talvez desde muito antes, e, sem lugar para dúvidas, é o que esclarecemos nesta vida e os desafios que enfrentamos que implicam imiscuirmos em nosso interior. Para isso, é preciso ter valentia e desejo de evolução.

Imaginem por um momento que só há um menino e uma menina no mundo inteiro e que eles têm a capacidade de crescer juntos e sozinhos. Enquanto são crianças, vão se alimentar, descobrir-se, comunicar-se, imitar um ao outro, talvez descubram o abraço e a sensação de se tocarem. Chegada a puberdade, experimentarão mudanças no corpo, sentirão atração um pelo outro, farão sexo e se reproduzirão. Eles se deixarão levar pelo instinto, pela intuição para agir. Não são seres estimulados intelectualmente, são seres que vivem como animais, com a diferença que têm uma capacidade que falta aos animais: a consciência.

Uma imagem despojada de bagagem cultural, de crenças profundas que os determinem e sem deveres sociais ao quais responder. Uma imagem de seres completamente livres que escolherão o que fazer na medida em que descobrirem. Podemos pensar que, em uma situação semelhante, o homem e a mulher assumirão os papéis tradicionais que ainda hoje definem a sociedade? Esses seres não têm exemplos a seguir, sequer uma linguagem que os limite. Eles descobrirão a maternidade e a paternidade, descobrirão o prazer sexual, o afeto e a comunicação. Eles construirão do zero o que quiserem construir. Poderia acontecer de aparecerem outras meninas e outros meninos no mesmo lugar, e que já não sejam só um homem e uma mulher, mas que existam alguns mais. Tampouco esses meninos e meninas, convertidos em adolescentes, têm bagagem cultural sobre heterossexualidade, bissexualidade ou homossexualidade, e seria muito provável que experimentassem sexualmente com o mesmo sexo e, inclusive, entre vários deles. Não há cultura para ser seguida, não há nada que seja certo ou que seja errado.

Embora isso seja imaginário, e grandes antropólogos, escritores e historiadores como Yuval Noah Harari, autor de *Sapiens: Uma breve história da humanidade,* descrevam que não há determinações biológicas, salvo as sexuais e as reprodutivas, que definam diferenças entre o homem e a mulher, só o fato de imaginar algo assim leva a pensar que os seres humanos sem condicionantes externas — como poderia ser uma mãe que vive e age dessa ou daquela maneira e um pai que faz o mesmo, ou mensagens sobre quais são os brinquedos da moda, quais as cores com que se identificam meninos e meninas, e todos os acessórios já descritos ao longo do livro — podem se ver como dois iguais. É a cultura que obrigou os seres humanos a se separarem em homens e mulheres. Polarizar o feminino e o masculino gerou o mundo em que vivemos. Por isso, a educação é tão fundamental na construção de um mundo diferente.

Se não mostramos aos meninos que eles têm diferenças com as meninas e deixamos que escolham livremente com o que brincar, com que cores se vestir, o que colocar, como usar o cabelo, pintar ou não o rosto e as unhas, usar saltos ou não, entre outras coisas, eles se verão como iguais e irão descobrindo um ao outro. Os condicionamentos são isso: acomodações de um desenvolvimento pleno como humanos no qual o único importante é encontrar a felicidade, a paz e a liberdade. Para isso, é necessário romper com o mundo físico próprio e alheio.

Diana Maffía, na entrevista para a segunda temporada de Alabadas:

> A questão das diferenças entre homens e mulheres, que hoje chamaríamos de "diferenças de gênero", mas que não se chamavam assim, junto com algumas outras, começou nos anos 1950 com um debate sobre a natureza e a cultura ou sobre o natural e, inclusive, o contexto social, natural e biológico. Nem todas as condições do feminino e do masculino são deterministas do ponto de vista biológico, ou seja, não é que tenhamos um corpo cujos genes, neurônios e hormônios condicionam a ser mulher

de certa maneira ou homem de outra forma. Algo mais contemporâneo, a partir dos anos 1990, foi pensar fora da dicotomia, fora do antagonismo desse feminino e masculino, fora dessas condições biológicas. O corpo é um corpo que sempre vai ser lido por meio da cultura, é mentira que somos só natureza, somos fruto de uma cultura. Um corpo que vai ser mais forte ou menos forte em função de como é alimentado e segundo o entretenimento que tenha. Então, se nós, mulheres, vivemos em dieta e não praticamos esportes de força porque não temos que ter músculos definidos, claro que nossos corpos vão ser mais fracos. Parte do problema é como lemos os corpos, e não é que haja um corpo biológico sobre o qual opera a cultura, mas que há um corpo que interpretamos e lemos culturalmente e lhe designamos um sexo feminino ou um sexo masculino. A partir daí aparece uma série de problemas muito interessantes que começou a ser construída como uma desconstrução do próprio conceito de gênero e, por suposto, de diversidade sexual. Pode ser que exista um corpo com genitais que me faz designá-lo como sexo masculino ou sexo feminino. A vivência desse gênero designado será igual? Às vezes, sim; outras, não. Esse corpo designado como homem ou como mulher, às vezes, assumirá o que, na cultura, é a construção da masculinidade ou da feminilidade, mas, em outras, não; porque há corpos que não são claramente femininos nem masculinos.

E ela continua falando que, para resolver esse problema, do biológico e do cirúrgico, só se levava em conta qual era o genital externo que predominava visualmente e a pessoa era operada segundo esse critério. Depois disso, os pais, se a decisão fosse de que aquela pessoa era homem, tratavam o filho como homem, o vestiam como homem etc. Sem dar a essa pessoa a possibilidade de escolher qual era, como chamamos hoje, sua identidade de gênero. Esses pais acreditavam estar resolvendo um problema sem pensar em que talvez o problema apareceria de verdade quando essa pessoa começasse a crescer.

A conexão com quem somos exige romper não só com o corpo físico, mas também com a cultura que determina o que somos em função do corpo que temos. O movimento LGBTIQA+, tal como a sigla indica, procura incluir todas as possibilidades de identidade de gênero. Hoje, o ser humano não deveria mais ser definido como homem ou mulher, mas com a identidade de gênero com a qual a pessoa se identifica, e provavelmente há muitos seres humanos no mundo inteiro que ainda não se sentem identificados com nenhum desses termos. A importância de romper com o mundo físico tem a ver com conectar-se com o outro, mais além de suas escolhas de vida, como ser humano. Ou, como diz Harari, em *Sapiens*:

> Se a história dos sapiens está mesmo chegando ao fim, nós, membros de uma de suas últimas gerações, devemos dedicar algum tempo a responder a uma última pergunta: o que queremos nos tornar? Essa pergunta, às vezes conhecida como a pergunta do Aperfeiçoamento Humano, obscurece o debate que atualmente preocupa políticos, filósofos, acadêmicos e pessoas comuns. Afinal, o debate atual entre religiões, ideologias, nações e classes muito provavelmente desaparecerá junto com o *Homo sapiens*. Se nossos sucessores funcionarem realmente em

um nível diferente de consciência (ou, talvez, tiverem algo além da consciência que sequer somos capazes de conceber), parece improvável que o cristianismo ou o islamismo os interesse, que sua organização seja comunista ou capitalista ou que seus gêneros possam ser masculino ou feminino.

"Fiz referência ao professor X e dei destaque à sua declaração de que as mulheres são intelectual, moral e fisicamente inferiores aos homens. Dei a vocês tudo o que me caiu nas mãos sem que eu tivesse ido procurar, e eis aqui minha advertência final — vinda do senhor John Langdon Davies. O senhor John Langdon Davies adverte as mulheres de que "quando as crianças não forem mais desejáveis, as mulheres deixarão de ser necessárias". Espero que vocês tomem nota disso.

Como eu poderia continuar a encorajá-las a seguir em frente na vida? Minhas jovens, eu diria, e prestem atenção porque a peroração começa aqui, vocês são, na minha opinião, vergonhosamente ignorantes. Vocês nunca fizeram uma descoberta de qualquer importância. Vocês nunca abalaram um império ou lideraram um exército para a batalha. As peças de Shakespeare não falam de vocês, e vocês nunca apresentaram as bênçãos da civilização a um bando de bárbaros (...). Demos à luz, criamos, banhamos e ensinamos, talvez até a idade de seis ou sete anos, um bilhão e seiscentos e vinte e três milhões de seres humanos que, de acordo com as estatísticas existem neste momento, e isso, mesmo que tenhamos tido ajuda, leva tempo.

Há certa verdade no que vocês alegam, não negarei. Mas, ao mesmo tempo, posso lembrá-las de que há pelo menos duas faculdades para mulheres na Inglaterra desde 1866; que, a partir de 1810, foi permitido por lei que a mulher casada tivesse posse de sua propriedade; e que em 1919 — apenas nove anos atrás — a ela foi dado o voto? Posso lembrar também que a maioria das ocupações está acessível a vocês já faz quase dez anos? Ao refletir sobre esses imensos privilégios e o período de tempo durante o qual tem sido possível desfrutá-los e o fato de que deve haver, neste exato momento, umas duas mil mulheres capazes de ganhar mais de quinhentas libras por ano de um jeito ou de outro, vocês hão de concordar que a desculpa da falta de oportunidade, instrução, encorajamento, lazer ou dinheiro não mais se sustenta."

Virgínia Woolf, no livro *Um teto todo seu*

19 | NÃO DÁ PARA OCUPAR UM LUGAR SEM TER CORAGEM

Simone Veil (1927-2017), advogada e política, promulgou a lei Veil, que legalizou o aborto na França.

Emily W. Davison (1872-1913), sufragista inglesa, morreu atropelada por um cavalo em uma corrida famosa na Inglaterra quando, aparentemente, tentava prender um cartaz sobre o voto feminino no animal.

Julieta Lanteri (1873-1932), médica, política e feminista ítalo-argentina, foi a quinta mulher a se formar em Medicina na Argentina.

Alicia Moreau de Justo (1885-1986) foi a segunda médica argentina militante do feminismo e do socialismo.

Victoria Ocampo (1890-1979), escritora, militante feminista.

FWS-95 (nome de proteção a testemunhas), a mulher que foi estuprada cento e cinquenta vezes em quarenta e cinco dias durante seu cativeiro na guerra da Bósnia e depôs em juízo em Haia, diante do Tribunal Penal pela guerra da ex-Iugoslávia.

Simone de Beauvoir (1908-1986) foi uma escritora francesa autora de *O segundo sexo*, que abriu caminho para pensar sobre as mulheres e a cultura.

Virginia Woolf (1882-1941). Em seu livro *Um teto todo seu*, sentencia que se as mulheres querem escrever ficção, elas deveriam ter dinheiro para conseguir um teto todo seu no qual pudessem fazer isso, e exorta as mulheres a fazer uso dos benefícios conseguidos.

Margaret Atwood (1939), poetisa, romancista, crítica literária e ativista, autora de *O conto da aia*, um livro que abre os olhos do que poderia acontecer com o direito das mulheres no mundo inteiro.

Diana Maffía (1953), doutora em Filosofia, é quem nos ensina sobre feminismo hoje na Argentina e vem abrindo caminho há mais de trinta anos.

Dez mulheres ao longo de dois séculos. Há tantas mais. Escolhi essas dez. Dez corajosas que nos abriram caminho e, as que ainda estão vivas, continuam abrindo. "Não dá para ocupar um lugar sem ter coragem", diz Trinidad González, atriz e dramaturga chilena, na entrevista para a primeira temporada de Alabadas. A coragem é o primeiro, depois vêm a formação e todo o resto.

O que é a coragem? Não quero recorrer à definição do dicionário, gosto dos significados das palavras que se apresentam em imagens, e a imagem da coragem na minha cabeça pula obstáculos e leva consigo aqueles que estão atrás. A coragem é um turbilhão interior capaz de romper com o construído, com o que muitos pensam que não pode ser mudado, até que, um dia, alguém faz algo que mostra aos demais uma maneira de ver e agir de modo diferente. A coragem desconstrói caminhos e os reconstrói ao seu modo.

As sufragistas foram corajosas. Emily W. Davison teve que morrer para sair nas notícias e fazer com que sua mensagem fosse amplificada. Julieta Lanteri teve que pedir permissão especial para estudar Medicina e estudou, não ficou presa à ideia do que as mulheres não podiam fazer isso. Virginia Woolf entendeu que as mulheres necessitavam de seu próprio mundo, seu próprio teto, mas que tinham que sair para ganhar dinheiro para isso, como símbolo de empoderamento, e aproveitar a oportunidade dos direitos conquistados e adquiridos. Simone de Beauvoir leu a cultura do mundo, conseguindo separar-se dela e vendo o que a sociedade exigia e vedava às mulheres. Abriu nossos olhos para o entorno e para as expectativas que o entorno tinha — e ainda tem — sobre nós.

O mesmo fez Margaret Atwood, que, em *O conto da aia*, não deixa de advertir o que pode acontecer com os direitos das mulheres e continua fazendo isso na série de TV (a primeira temporada é muito fiel ao livro), na qual mostra como, com a desculpa de seguir os mandamentos da *Bíblia*, homens poderosos e mulheres que se dedicam a costurar e a cuidar das plantas no jardim realizam cerimônias de estupro das aias para utilizá-las como recipientes reprodutivos. Abre nossos olhos para a sociedade em que vivemos, na qual ainda há pessoas que pensam dessa maneira. Além disso, teve a coragem de falar para a Argentina sobre a legalização do aborto e de chamar de "escravidão" o fato de que as mulheres continuem abortando na clandestinidade. E a grande Diana Maffía, que há trinta anos trabalha pelos direitos das mulheres e tem uma biblioteca com mais de quinze mil livros sobre feminismo à disposição para quem quiser ler e a mantém economicamente com dinheiro do próprio bolso.

Tantas mulheres que deram o primeiro passo e foram um pouco mais além, levaram outras consigo e lhes deram forças para que fizessem o mesmo. Mulheres que são exemplos a seguir porque romperam paradigmas. Tantas mulheres em todas as partes do mundo que deixaram a matriz patriarcal, que enxergaram, que puderam ver-se, amar-se, dar forças a si mesmas, que acreditaram que é possível construir uma vida diferente. Mulheres que se conectaram com a liberdade de ser quem são. Mulheres que não respondem ao patriarcado e à cultura da aparência. Mulheres, simplesmente mulheres, e nada mais e nada menos do que mulheres, que edificam suas vidas nos valores da liberdade. Também homens que acompanham e que ajudaram e ajudam as mulheres a seguirem conquistando direitos, e muitas vezes são os que abrem caminhos e enaltecem e amplificam nossa voz.

Corajosas como a testemunha FWS-95, que depôs sentada em um cubículo, escondida para que seus estupradores não a vissem e até sua voz foi distorcida. Essa mulher muçulmana que foi estuprada de todas as formas mais de cento e cinquenta vezes em quarenta e cinco dias durante a guerra da Bósnia, na qual todas as mulheres em cativeiro — inclusive as meninas e as adolescentes — foram estupradas e usadas para saciar a brutalidade desses homens.

Mulheres que tiveram — e têm — algo que faz a diferença: convicção. E apenas uma mulher convicta é necessária para que outras mais se somem a ela.

Hoje, somos muitas as convictas de que o mundo tem que mudar e, como um coro, cujas vozes desobedecem o tempo e o espaço, elevamos o volume e aparecemos em diferentes partes do mundo, em cidades pequenas e grandes, nos povoados, no campo, diante dos parlamentos, nos tribunais, no obelisco, na Puerta del Sol, na Quinta Avenida, no Capitolio, no Arc de Triomphe, na Piazza del Duomo, na Piazza di San Pietro ou na Casa Branca. Dá no mesmo. Nada nos amedronta, nada nos detém.

Somos mulheres e ninguém, nunca mais, vai nos calar.

"As Aias estão sentadas em círculo, enquanto as Tias, equipadas com suas varas elétricas, forçam todas a participar no que agora é chamado de "a desonra das vagabundas" contra uma delas, Janine, que é obrigada a relatar o estupro grupal que sofreu na adolescência. "Foi culpa dela, ela provocou", gritam as outras Aias.

Embora seja apenas uma série de TV, da qual participavam atrizes que, depois de um tempo, na pausa para o café, iam dar umas risadas, e eu mesma "só estava atuando", a cena me produziu um choque horrível. Era muito parecido, demais, com a história. Sim, as mulheres se unem para atacar outras mulheres. Sim, acusam as outras para se livrarem delas: vemos com absoluta transparência na era das redes sociais, que tanto favorecem a formação de enxames. Sim, aceitam encantadas situações que lhes dão poder sobre outras mulheres, mesmo — e talvez especialmente — em sistemas que, no geral, concedem escasso poder às mulheres: no entanto, todo poder é relativo e em tempos difíceis é evidente que ter pouco é melhor do que não ter nenhum."

Margaret Atwood, no prefácio de *O conto da aia*

20 | VAMOS FAZER UMA REVOLUÇÃO COPERNICANA?

No mínimo, durante dois mil anos, nós, mulheres, não tivemos voz. Dois mil anos em que a cultura ocidental edificou um mundo baseado no masculino, a cultura muçulmana aprofundou isso e a oriental não ficou para trás; tampouco o capitalismo e o comunismo. Um mundo que, atualmente, tem 52% de mulheres que lutam todos os dias por seus direitos, mesmo quando sequer sabem o que estão fazendo; que tentam fazer com que sejam escutadas, para ajudar a mudar o olhar da sociedade, de mulheres que ainda estão dentro da armadilha patriarcal e de homens que não querem ver, que não querem perder os privilégios de chegar em casa e se sentarem com o controle remoto até que a comida seja servida por uma mulher, é claro. Homens aos quais não convém que a mulher perceba que eles também poderiam cozinhar, cuidar dos filhos, lavar a roupa ou passar aspirador. Em pleno século XXI, ainda temos que dar explicações de por que o corpo é nosso e por que somos livres para escolher. Ainda hoje, temos que lutar para conseguir um posto em um diretório, na liderança de uma empresa e há trabalhos que não podemos realizar. Ainda hoje, em alguns lugares do planeta, as mulheres não podem ter conta bancária se não for uma extensão da do marido ou do pai, e o mesmo ocorre com propriedades ou terras.

Enquanto a casa real na Inglaterra aceita como esposa do príncipe Harry uma garota descendente de afro-americanos, atriz, filha de uma professora de ioga, como demonstração de uma abertura impossível de ser contida, no Egito, como já mencionei, ainda são praticadas mutilações genitais nas adolescentes, e as meninas são oferecidas para casamentos com homens com o triplo de sua idade. Ainda hoje, nas sociedades mais evoluídas, nós, mulheres, continuamos a ter medo de falar, e os homens também. Um medo fundamentado no fato de que não queremos ser disruptivas, pois talvez isso não agrade a quem tem que nos dar um trabalho ou o dinheiro para crescermos naquilo que fazemos, o qual, em geral, vem de um homem, porque ainda o dinheiro é propriedade dos homens. Vivemos em uma sociedade que está mudando aos poucos, pelo menos, por decoro e também por medo, uma sociedade que começa a tomar um pouco mais de cuidado com o que diz, faz e comunica. Uma sociedade que precisa ainda de muitos anos para ser igualitária, na qual as brechas de gênero em todos os aspectos ainda são grandes para que sejam ultrapassadas em poucos anos.

Algumas perguntas me vêm à cabeça há vários meses, em um mundo cuja coerência ou linearidade dos fatos resultam do que, pelo menos, entendo como coerência e linearidade. Sabemos que o mundo cresce a passos largos em número de população, mas o crescimento não é equilibrado entre os continentes. As Nações Unidas estimam que, no ano de 2100, haverá onze bilhões e duzentos milhões de pessoas contra cinco bilhões e trezentos milhões em 1990. Estima-se que a população crescerá mais na África do que no resto do mundo, já que a taxa de natalidade aumenta no ritmo de 2,5% anual em contraposição com a Europa, por exemplo, que há vários anos apresenta taxa decrescente. Exceto em continentes como a África, em poucos anos, a população idosa será maior do que a população jovem. Sabemos que na Argentina, por exemplo, em apenas vinte e cinco anos, a população de adultos idosos será maioria, segundo relatórios do Cippec.

Uma pergunta que ronda minha cabeça é: como poderemos mudar a cultura de forma que permaneça no tempo em que as populações mais tumultuadas do globo ainda conservem uma cultura altamente patriarcal e, em muitas delas, as mulheres sequer têm direitos mínimos? Como o mundo evoluirá em relação à paridade de gênero se, nos próximos anos, a maior parte da população mundial não terá mudado nada ou terá mudado muito pouco? Como farão as mulheres e as meninas que serão adultas no futuro para manter e aumentar os direitos adquiridos se o mundo estará povoado de pessoas que pensam que os direitos dos homens devem prevalecer sobre o das mulheres?

Não tenho certeza da resposta, mas acredito que é necessário — e urgente — acelerar a mudança cultural para que, quando chegar esse momento, a cultura igualitária seja tão forte que possa ganhar da cultura patriarcal, que virá pela emigração de pessoas dos países que terão um crescimento exponencial em comparação às nossas sociedades. Também estou convencida de que não podemos nos descuidar e muito menos gritar os méritos do que conseguimos, porque em um abrir e fechar de olhos podemos perder tudo. É só ver a foto de Trump e Kim Jong-un juntos para nos perguntarmos quais interesses esses dois personagens podem ter de que nós, mulheres, desfrutemos dos mesmos direitos, se, afinal, é mais do que notório que Trump só vê as mulheres como objetos sexuais, e Kim Jong-un não deve pensar de maneira diferente, ainda mais quando se é o líder de um regime totalitário capaz de assassinar quem se coloque contra ele.

Mas se estamos diante do fim do *Homo sapiens*, como escreve Harari, estaríamos diante de uma revolução copernicana da humanidade, na qual seria possível criar um humano mais próximo de um deus do que de um sapiens. Se for assim, eu, pessoalmente, adoraria viver em uma sociedade de gênero na qual fosse necessário descobrir o outro como ser humano. O difícil dessa situação é imaginar como seria "o argumento" em uma sociedade desse tipo. A revolução copernicana é uma metáfora utilizada quando há uma mudança radical de perspectiva e faz alusão à mudança do olhar de Copérnico em relação ao fato de que é o espectador quem gira ao redor das estrelas e não o contrário. Essa metáfora é utilizada na filosofia para tratar da mudança de perspectiva da Filosofia tradicional, introduzida por Kant no prefácio da segunda edição da *Crítica da razão pura*.

Há poucos dias, jantando com duas amigas muito queridas, começamos a olhar estereogramas. Minha amiga dentista, que sempre introduz em suas aulas conceitos novos, tinha que dar uma aula no dia seguinte e pensava em pedir aos alunos que olhassem estereogramas. Os estereogramas são ilusões óticas baseadas na maneira pela qual o olho humano pode captar duas imagens de formas distintas, e essa perspectiva é interpretada pelo cérebro como uma imagem tridimensional.

Minha amiga dentista podia entrar sem problema na imagem, vendo imediatamente a que estava oculta. O que primeiro se vê nos estereogramas são cores que, à primeira vista, formam figuras difusas, mas quem sabe olhar vislumbra, em seguida, a imagem em três dimensões. Para encontrá-la, é necessário saber olhar, buscar a perspectiva e adequar o olho à representação. É parte de um aprendizado que tem a ver com a constância do olhar, tentando mudar a perspectiva permanentemente. Nem todo mundo consegue, mas quem encontra a figura pela primeira vez, já não consegue deixar de vê-la, talvez não de maneira automática, mas voltando a apelar ao mesmo modo como adequou o olhar para que a imagem oculta aparecesse.

Pensar de modo diferente, poder ver algo diferente em nosso interior e tentar ver sempre mais de uma perspectiva a respeito de uma situação requer o mesmo processo que olhar para um estereograma. Entender o que está acontecendo no entorno e poder mudar o que não nos satisfaz implica perguntar a nós mesmos sobre os nossos próprios desejos e tentar ver o que não percebemos à primeira vista, porque vivemos no piloto automático. Mas é importante parar e refletir se o que está acontecendo em nossas vidas é o que queremos, tentar tornar as insatisfações visíveis, olhar uma a uma e começar a mudar aos poucos. A chave é tentar não resistir ao que vemos, porque a resistência traz sofrimento. Por outro lado, a aceitação de que algo não está bem pode provocar tristeza, mas também traz alívio, porque abre uma porta para agir e mudar o que não está do nosso agrado.

Tomar consciência de que nós, mulheres, fomos tornadas invisíveis por séculos é doloroso, mas essa dor ajuda a fazer aparecer a compaixão por quem cada uma de nós pode ser, por alguma amiga e até por aquelas que vemos nos meios de comunicação, às quais tantas vezes julgamos como culpadas de determinadas situações. Assim como Copérnico, ao descobrir que não eram as estrelas que se moviam, mas o observador, deu uma guinada nas crenças daquele momento, cada uma de nós pode fazer o mesmo pensando que não é o mundo que funciona de determinada maneira, mas as pessoas que vivem nele, e que somos o que construímos. E ainda que pensemos que nossa contribuição seja ínfima, que não é necessário fazê-la, como dizia Madre Teresa de Calcutá: é essa gota de oceano que faz com que o oceano seja diferente. A cultura não é o que é, a cultura é viva, é dinâmica, e vai mudando de acordo com a mudança das pessoas. Se as pessoas estão dispostas a mudar a partir de um olhar para si mesmas, de uma tomada de consciência, a mudança cultural é acelerada; no contrário, se acreditarmos que nada vai mudar porque sempre foi de uma determinada maneira e vai continuar sendo assim, nada diferente ocorrerá.

É necessário banir da sociedade atual a dicotomia do masculino e do feminino e o poder de um sobre o outro. A cultura vai mudar quando aceitarmos que ambas as características são atribuíveis a todos os seres humanos e que nenhuma das duas é uma ameaça para a outra. Quando entendermos que o feminino e o masculino estão em todos, não haverá papéis preestabelecidos de umas e de outras porque ao nos aceitarmos como seres humanos integrais, o único que primará será o talento e o mérito. Nesse contexto, a distribuição de tarefas tenderá a ser feita com base nas habilidades de cada um, não nas cargas culturais. Ver a nós mesmos como seres integrais também ajudará na empatia e no abandono de uma vez da concepção da mulher como um objeto do homem e, por consequência, da redução desta a um recipiente reprodutivo, à servidão e à escravidão.

É interessante escutar como muitos casais heterossexuais, nos quais os deveres sociais são mais evidentes e os pesos dos papéis estão na ordem do dia, conseguiram construir uma relação feminista, quero dizer, de total igualdade. Em geral, é um dos dois que toma consciência primeiro, e depois, se prevalecerem o amor e o desejo de construir juntos em direção ao futuro, as peças vão se acomodando em movimentos conjuntos. A compaixão, a generosidade e a empatia são fundamentais nesse processo. Isso não quer dizer que essa mudança seja um mar de rosas, talvez seja um percurso sinuoso com muitos obstáculos a ultrapassar e no qual, em alguns momentos, um ou outro tenha que firmar pé em suas convicções para ajudar o outro a fazer o movimento necessário para se manterem no caminho. Eu mesma tive que fazer isso em minha vida de casal. Tive que me manter firme em algumas situações que antes não eram assim, mas que agora tinham mudado. Tive que dizer: "Tenho que viajar semana que vem" e escutar como resposta do meu marido um: "Eu também, e você já sabia". Mas, um dia, resolvi responder: "Vou viajar mesmo assim, e vamos arrumar um jeito de nos organizarmos". Em outra oportunidade, talvez eu tivesse adiado a viagem, teria me ajustado às necessidades da família, porque essa era minha crença, tão profunda como invisível: "É a mulher que sempre se adequa e deve fazer isso porque é seu papel". Mas escolhi deixar isso de lado, apesar de sentir um certo tumulto interno enquanto debatia entre as velhas crenças e as que eu estava escolhendo por conta do meu desejo de criar a Alabadas.

Podemos mostrar aos homens que somos iguais, que podemos fazer o mesmo que eles e eles podem fazer o mesmo que nós, e nada está em risco, nem para eles nem para nós. Só é necessário convicção, constância e habilidade para mostrar esse caminho.

A revolução começa em cada uma de nós. As lentes violeta do feminismo começam a aparecer lentamente, baseadas no desejo de mudar nosso próprio mundo, sem grandiloquência, com perseverança, sem que o que está fora nos dobre, tentando acomodar as peças segundo nossos desejos. O caminho é longo, porque muitos poderão sentir-se ameaçados no trajeto, e tentarão nos convencer do contrário. Não briguemos, não gastemos energia em uma luta que talvez nos enfraqueça, vamos nos concentrar em mudar um pequeno entorno ao qual temos acesso, eduquemos nossos filhos na igualdade, não critiquemos as outras mulheres, vamos tentar colocar-nos no lugar delas, pensemos que as ações de cada um são particulares, e enquanto não coíbam nossa liberdade e não atentem contra nossa propriedade (física, material, psicológica e espiritual), não nos incomodam. Vamos nos concentrar na nossa própria missão, em que tipo de vida queremos ter, em como queremos criar nossas filhas e filhos e nos sonhos a serem conquistados.

E, sobretudo, isso é o mais importante, compremos um par de sapatos vermelhos e vamos sair pela vida exibindo-os com o orgulho que nos dá a sensação de sermos mulheres livres.

Agradecimentos

À minha equipe de trabalho: Agustina Bosch e Barbie Gibbons. Alabadas não existiria sem elas. Elas mantêm o caminho com o registro exaustivo do que ocorre, com uma câmera na mão dão tudo de si em cada entrevista.

À Agurtzane Urrutia, que desenvolve maravilhosamente o site alabadas.com e responde em qualquer momento, no horário que seja, sempre com bom humor e grande compromisso. À Paola Russo, que chegou para dar criatividade e modernidade à edição.

À Benedicta Badía, que nos mostra o mundo da mulher por meio da arte; à Melina Toscani, que tem o trabalho tedioso de verter cada capítulo para o inglês; à Vicky Thomas, que, estando na China, vai mostrando o que acontece com as mulheres na Ásia; à Guadalupe Díaz, que faz com que nossas entrevistadas fiquem ainda mais lindas do que já são em cada filmagem.

Meu agradecimento mais profundo, no entanto, vai a cada uma das pessoas que entrevistei durante dois anos, que confiaram em mim, mesmo sem me conhecer, e abriram seu coração diante das câmeras.

Referências bibliográficas e fontes de informação

Publicações, artigos e multimídia

Entrevistas com trinta e seis pessoas em um ano, de diferentes áreas, nacionalidades, idades e setores (ver detalhes na relação de entrevistados). Disponível em: ‹www.alabadas.com›. Acesso em: jan. de 2020.

Diferentes artigos sobre violência de gênero, sobre estupros na guerra da Bósnia e estatísticas de cada país do mundo. Disponível em: ‹www.unwomen.org›. Acesso em: jan. de 2020.

DORAISWAMY, Murali; SWART, Tara. *3 Sexist Myths About the Brain, debunked.* out. 2016, Disponível em: ‹www.weforum.org›. Acesso em: jan. de 2020.

HUTT, Rosamond. *Women Have More Active Brains According to Science.* ago. 2017. Disponível em: ‹www.weforum.org/agenda/2017/08/women-have-more-active-brains-than-men-according-to-science/›. Acesso em: jan. de 2020.

ONU Mulheres. *Annual Report 2015-2016.* Disponível em: ‹www.unwomen.org/-/media/annual%20report/attachments/sections/library/un-women-annual-report-2015-2016-en.pdf?-vs=3016›. Acesso em: jan. de 2020.

_____. *Progress of the world's women 2015-2016:* Transformar as economias, realizar direitos (relatório completo em inglês). Disponível em: ‹www.onumulheres.org.br/wp-content/uploads/2016/04/UNW_progressreport_2015_61.pdf›. Acesso em: jan. de 2020.

OIT. *Mujeres de América Latina y el Caribe registran mayor desempleo e informalidade.* mar. 2016. Disponível em: ‹www.ilo.org/americas/sala-de-prensa/WCMS_458274/lang--es/index.htm›. Acesso em: jan. de 2020.

_____. *La agenda de género 2030 y la autonomía económica de las mujeres.* jan. 2018. Disponível em: ‹www.ilo.org/sanjose/publicaciones/WCMS_615043/lang--es/index.htm›. Acesso em: jan. de 2020.

ONU News. Newsletter mensal sobre assuntos de gênero. Disponível em: ‹news.un.org/pt/tags/cepal›. Acesso em: jan. de 2020.

RIPPON, Gina. *Are Male and Female Brain Really Different?.* Com a colaboração The Conversation. fev. 2016. Disponível em: ‹www.weforum.org/agenda/2016/02/are-male-and-female-brains-really-different›. Acesso em: jan. de 2020.

WORD Economic Forum. *The Global Gender Gap Report 2016.* out. 2016. Disponível em: ‹www.weforum.org/reports/the-global-gender-gap-report-2016›. Acesso em: jan. de 2020.

_____. *The Global Gender Gap Report 2017.* nov. 2017. Disponível em: ‹www.weforum.org/reports/the-global-gender-gap-report-2017›. Acesso em: jan. de 2020.

Filmes, séries e documentários

O conto da aia (2017).

As sufragistas (2015).

Venus — Let's talk about sex (2016).

Nanette (2018).

The ascent of women (2015).

Eu não sou um homem fácil (2018).

Livros

ADICHIE, Chimamanda Ngozi. *Sejamos todos feministas*. Tradução: Christina Baum. São Paulo: Cia. das Letras, 2014.

ATWOOD, Margaret. *O conto da aia*. Tradução: Ana Deiró. Rio de Janeiro: Rocco, 2017.

BARTHES, Roland. *Fragmentos de um discurso amoroso*. São Paulo: Martins Fontes, 2003.

BENNET, Jessica. *Clube da luta feminista:* Um manual de sobrevivência (para um ambiente de trabalho machista). Tradução: Simone Campos. Rio de Janeiro: Rocco, 2018.

D'ALESSANDRO, Mercedes. *Economía feminista*. Buenos Aires: Sudamericana, 2016.

DALY, Paula. *Que tipo de mãe é você?* Tradução: Ivana Nascimento. São Paulo: Bertrand Brasil, 2018.

DE BEAUVOIR, Simone. *O segundo sexo*. São Paulo: Nova Fronteira, 2014.

DE VIGAN, Delphine. *Nada se opone a la noche*. Barcelona: Anagrama, 2013.

_____. *Días sin hambre*. Barcelona: Anagrama, 2013.

ECO, Umberto. *Historia de la belleza*. 8. ed. Buenos Aires: Lumen, 2007.

FREIXAS, Laura. *El silencio de las madres y otras reflexiones sobre las mujeres en la cultura*. Barcelona: Editorial UOC, Serie Mujeres, 2015.

FREUD, Sigmund. *Estudos sobre a histeria*. Rio de Janeiro: Imago, 1996.

GINZBURG, Natalia. *Todos nuestros ayeres*. Buenos Aires: Lumen, 2017.

_____. *A propósito de las mujeres*. Buenos Aires: Lumen, 2017.

_____. *Las tareas de la casa y otros ensayos*. Buenos Aires: Lumen, 2017.

_____. *Léxico familiar*. Tradução: Homero Freitas de Andrade. São Paulo: Cia. das Letras, 2018.

HARARI, Yuval Noah. *Sapiens*. Uma breve historia da humanidade. Tradução: Janaína Marcoantonio. São Paulo: L&PM, 2015.

_____. *Homo Deus*. Uma breve historia do amanhã. Tradução: Paulo Geiger. São Paulo: Cia. das Letras, 2016.

KINCAID, Jamaica. *Autobiografía de mi madre*. Buenos Aires: Capital Intelectual, 2009.

_____. *Mi hermano*. Buenos Aires: Capital Intelectual, 2009.

KOFMAN, Fredy. *Metamanagement. La nueva conciencia de los negocios. Principios, aplicaciones, filosofía*. 1. ed. Buenos Aires: Granica, 2001.

MARÇAL, Katrine. *O lado invisível da economia:* Uma visão feminista. Tradução: Laura Folgueira. São Paulo: Alaúde Editorial, 2017.

MUNRO, Alice. *La vida de las mujeres*. Buenos Aires: Lumen, 2012.

PEKER, Luciana. *La revolución de las mujeres no era solo una píldora*. Córdoba: Eduvim, 2017.

_____. *Putita golosa.* Por un feminismo del goce. Buenos Aires: Galerna, 2018.

RICH, Adrienne. *Nacemos de mujer.* Madrid: Cátedra, 1996.

WOOLF, Virginia. *Um teto todo seu.* Tradução: Bia Nunes de Souza. São Paulo: Tordesilhas, 2014.

Entrevistas pela ordem de realização

Primeira temporada

1. Ana Torrejón, jornalista.
2. Graciela Naum, empresária do setor têxtil.
3. Margarita Wais, produtora, apresentadora de TV e atleta.
4. Marina Díaz Ibarra, sócia-diretora da Wolox.
5. Margarita Stolbizer, política.
6. Agustina Fainguersch, fundadora e diretora da Wolox.
7. Luciana Reznik, fundadora e diretora da Wolox.
8. Justina Bustos, atriz.
9. Gabriela Terminielli, diretora da BYMA, vice-presidente da *Voces Vitales Arg.*, co-chair da WCD.
10. Luciana Peker, jornalista.
11. Lala Pasquinelli, artista, ativista.
12. Juana Viale, atriz.
13. Narda Lepes, cozinheira.
14. Agustina Ayllón, advogada.
15. Nicole López del Carril, aluna de mestrado.
16. María O'Donnell, jornalista.
17. Carolina Cayazzo, jornalista.
18. Celeste Medina, empreendedora, fundadora da ADA WIT.
19. Dolores Fonzi, atriz.

20. Teresa Costantini, diretora de cinema.

21. Carolina del Río, teóloga feminista.

22. Paulina García, atriz, diretora.

23. Carla Guelfenbein, escritora.

24. Nerea de Ugarte, psicóloga, ativista.

25. Karen Poniachik, diretora de empresas, ex-ministra de Mineração no Chile.

26. Trinidad González, atriz, dramaturga.

27. Mercedes D'Alessandro, economista.

28. Claudia Salazar Jiménez, escritora.

29. María Noel Vaeza, diretora mundial de programas da ONU Mulheres.

30. Ágatha Ruiz de la Prada, desenhista, artista, empresária.

Segunda temporada

1. Carolina Amoroso, jornalista.

2. Pablo Sanchez Liste, diretor de comunicações da L'Oreal Argentina.

3. Julia Etulain, cientista.

4. Juliana Monsalvo, gerente de marketing do Grupo Irsa.

5. Rocío González, arquiteta, empreendedora, fundadora da Daravi.

6. Carina Onorato, jornalista.

7. Marcela Fernie, diretora de operações do Banco Galicia.

8. Inés de los Santos, bartender.

9. Mariana Carbajal, jornalista.

10. Agustina Señorans, subsecretaria de Diversidade e Gênero do governo da cidade de Buenos Aires.

11. Diana Maffía, doutora em Filosofia, diretora do Observatório de Gênero da Justiça.

12. Martín Churba, artista, desenhista.

13. Mónica Gutiérrez, jornalista.

14. Alec Oxenford, empreendedor, fundador da OLX y Letgo.

15. Sofía Gancedo, COO da Bricksave.

16. Daphne Estrada, estudante de Física.

17. Mariana Arias, jornalista, apresentadora, ex-modelo.

18. Paloma Cepeda, desenhista, empreendedora.

19. Isela Costantini, ex-CEO da Aerolíneas Argentinas, *influencer* na Liderazgo, consultora externa.

20. Silvia Fesquet, jornalista.

21. Graciela Fernández Meijide, política, especialista em direitos humanos.

22. Sergio Kaufman, CEO da Accenture Argentina.

23. Sol Abadi, fotógrafa.

24. Andrea Ávila, CEO da Randstand Argentina e Uruguai.

25. Fabiana Túñez, diretora do Instituto Nacional de Mulheres (INAM).

26. Selva Almada, escritora.

27. Pierri-Henri Guignard, embaixador da França na Argentina.

28. Gastón Remy, CEO da Vista Oil & Gas.

29. Esteban Aranda, diretor do Departamento de História do Colégio San Andrés.

30. Laura Freixas, escritora, ativista.

31. María Pardo, diretora editorial da Marie Claire (Espanha).

32. Marina Marroquí, fundadora da Aivig.

33. Laura Fernández Lord, responsável pela área de empoderamento da mulher na Fundação BVBA.

34. Elvira Lindo, jornalista, escritora.

35. Carmen Quintanilla, deputada de Podemos por Ciudad Real, Espanha.

36. Michelle Bachelet, ex-presidenta de Chile.

Obrigada, agradeço infinitamente.
Meu coração sempre está e estará perto de cada um de vocês.

Primeira edição (março/2020)
Papel de capa Cartão Triplex 250g
Papel de miolo RB 70g
Tipografia GaramondFBDisplay e Brandon Grotesque
Gráfica Eskenazi